JN064982

Love in Wartime

戦時の愛

マシュー・シャープ
Matthew Sharpe
柴田元幸 訳

スイッチ・パブリッシング

戦時の愛

Contents

Love in Wartime

by Matthew Sharpe

Japanese translation published by arrangement with
Matthew Sharpe c/o McCormick Literary
through The English Agency (Japan) Ltd.

Cover Artwork by Teppei Takeda
(PAINTING OF PAINTING 034, STUDY FOR PAINTING)

Design by Michiyo Miyako

戦時の愛

家

Home

タニアが生殖医療クリニックの待合室にいるあいだに、国税庁から二度電話がかかってきた。「何度かけてきても無駄よ」と彼女は電話に出ずに携帯に向かって言った。「用事はわかってるのよ。あたしがここで何してると思うのよ?」。向かいに座った、小粋な身なりの若い紳士が、「で、ここで何なさってるんです?」と訊いた。タニアは「テメエノシッタコッチャネーヨって用語、ご存じかしら」と答えた。「私、精子を提供しに来たんです」と男は言った。「べつにお金は要らないんです。お金はたくさんあるんで。まだぴったりの相手が見つからないだけで、一人で子供は育てたくないけれど、少なくとも自分の子供が世界に一人はいてほしくて、ここの院長に相談しましたら、健康ないい母親を見つけてくれるって言われまして。そう思うと心が安らぎますよ、たとえ母親にも子供にも会わないとしても」。タニアは雑誌を取り上げて、自分の顔の前にかざした。「あなた、卵子を提供なさりにいらしたんでしょう？　それってお金のためですよね」と男は言った。看護師が部屋に入ってきて、彼女の名前を呼んだ。男は「おたがい用事が済んだら、コーヒーを御馳走させていただけませんか？」と言った。ビニールと肉包み紙に覆われた、半分テーブルで半分スペースエイリアン探測機みたいな機械が置いてある部屋にタニアは入っていった。彼女にとって、この処置で快いことは何もなかった。あいにく唯一快いのは、小粋な男の滑らかでほっそりしたあご、完璧に切り揃えた濃くて黒い口ひげ、澄んだ緑の目を思い描くことだった。クリニックから外に出ると、男がニコニコ笑って歩道で待っていた。もう春が来ていて、午後の日ざしはまぶしかった。人生がシンプルだったころなら、この男が不気味かチャーミングか、彼女にも見分けがついただろう。きっと素敵だろう、誰かとあっさりつながることができたら。彼女は歩き去った。「あなた、まともな食事が必要って顔してますよ」と男がうしろから呼びかけた。彼女は歩きつづけた。「じゃあここで提案させてもらいます。あなたは卵子を提供したわけですよね。私は精子を提供した。二人で人間を一人作りましょうよ。セックスしようって言ってるんじゃありません。私、そんな下司な人間じゃありません。あなたが善良な女性だから――私、人を見る目はあるんです――私が父親である子供の母親になっていただきたいとお願いしてるんです。もし二人で上手くやって行けるようだったら、一緒に子供を育ててもいい。そうは行かなかったら、あなたが一人で育てるか、誰でもいい、あなたが適当と思った人と一緒に育てればいい。私は財政援助をします。全部明記した契約書を作ります。私、マックス・アルバーディングと申します」。タニアが首から上だけうしろを向くと——何でふり返るんだ?——男は深々とお辞儀し、お洒落なウールの帽子を彼女に向けて傾け、彼女に追いつこうとすたすた歩いてきた。彼女は駆け出した。「考えてみてくださいね!」と男はうしろから呼びかけた。彼女はバスで家に帰った。もう夕方で、家の中は暑くてムッとした。義理の親二人が、ビールを手にテレビの前のカウチに座っていた。二人とも年寄りではなかったけれど、顔も体もすっかり形を失ってしまい、誰が男で誰が女で誰がカウチか判別困難になっていた。彼らと二年この家で暮らし、これまで起きたもろもろのことを考えると、彼らのやり方にもそれなりのよさがあるとタニアは思うようになってきていた。彼女が寝室に入ると、もちろん彼はベッドの上に横になっていた。ゾンビ。ゾンビであることは、ぐじゃぐじゃに崩れた顔が証している。ただいま、とタニアは言った。彼は反応しなかった。ゾンビは喋れないのだ。アフガニスタンへ戦いに行く彼を送り出したとき、タニアは彼のことを誇らしく思った。もういまは誰のことも誇らしくなかった。ゾンビが奇跡的に回復する話も聞いたことはあったけれど、彼女は何も当てにしていなかった。ゾンビはブルブル震えていた。タニアは毛布を掛けてやり、それから自分も中にもぐり込んで、彼に体を押しつけた。くたくたに疲れていて、自分が眠りに沈んでいくのがわかった。眠っている妻をゾンビが貪り食う話はいくらでもある。それならそれでいい。そうなればとにかく、事態は変わる。だいいち、ゾンビだって、妻に愛されていると知る必要があるのだ。

そう言えば

Now That You Mention It

シドはスーパーマーケットの店内を回って、いろんな品物をカートに入れていた。スズキも一匹入れたが、この店は砂漠の真ん中にあって、一番近い海は千マイル離れていて、シドだって海なんか何年も見ていなかった。海だけでなく、ここには空の気配もないし、木や草や鳥の気配もなかった。何ひとつ生きていない。鶏も、人参も、米も、石鹸も。「よう、ジョーイ。ジョーイ。ジョゼフ・トマス」買物客がシドに話しかけていた。「ちょっと待てって、なあ」とその男は言った。「俺だよ、ロイ・ハービソンだよ、高校で一緒だった」「すみません、私ジョーイ・トマスじゃありません。シド・ホイットルといいます」「よせやいジョーイ、俺のこと覚えてないの？　お前いつも俺のこと叩きのめしてたんだぜ、俺いつもアザだらけでうち帰ったよ」「私、高校全然このへんじゃないんです。山の方の出なんで」「いやほんとにブン殴られたぜ、顔とかもろに」。シドはだんだん居心地が悪くなってきていた。「それじゃ、お会いできてよかったです」とシドは言った。「もうチェックアウトしないと」「うん、まさにチェックアウトだよな」とロイ・ハービソンは言った。「お前ずいぶん長いことチェックアウトしてたよ。俺がここですれ違ってもまるっきり知らん顔だし、昔の仲間の誰が通りかかっても同じでさ」「高校でいつも叩きのめされてたっていうのはお気の毒ですね、すごく辛そうですよね」『叩きのめされてたっていうのはお気の毒ですね』と来たよ、おもしれえこと言うなあ。ま、いちおう謝罪ではあるわな、それで少しは気が晴れるといいがな——つまり、お前の気が。俺はさ、もうずっと前にお前のこと許したよ。みんな許したよ。そりゃそうだろ？　お前ときたら、このスーパーの店内、底なしに寂しそうに歩き回ってさ、じゃなけりゃ車乗り回して、まるっきり何したらいいかわかんないって顔で」。シドはめまいに襲われ、一マイル続いていそうな朝食シリアルの棚に寄りかかった。「お」とロイが言った。「マージェリーが来たぞ。おい、マージ」「あら、ロイ。信じらんない、ジョーイがあんたと話してんの？」「こいつジョーイじゃないよ、シドだよ」「ジョーイ、シド、どっちだっていいわよ、ひとつに決めてくれればどう、元気、シド？」「どこかでお会いしましたっけ？」とシドは訊いた。マージェリーは笑った。「あたし、高校のときあんたに死ぬほど恋してたのよ」と彼女は言った。「あんたときたら、あたしのこと思いっきり捨てたわよね。そんなギョッとした顔しなくていいのよ、あたしもうずっと前に乗り越えたから、それにロイとは秘密なんてないもの、ロイもあのころいたでしょ、覚えてる？　いまはこの人と一緒なのよ、あたしこの人に夢中なの」。マージェリーはロイにチュッと派手にキスし、ロイは彼女の肩をぎゅっと握った。シドは「お二人とも仲よくしてくださって、有難いですよ」と言った。「なあシド」とロイは言った。「俺たちは砂漠に住んでるんだ。外は大変だ。で、みんなここならいいことあるかもと思って入ってくるけど、やっぱりここでも大していいことなんかない。仲よくするってお前言ったけど、俺たちそれくらいしか、やれることないわけでさ」。ロイとマージェリーは少しのあいだそこに立って、シドがその言葉について考えるのを見守った。「じゃあまあ」とロイが言った。「お前は買い物の続きやれよ。チェックアウトで会おうぜ」。マージェリーが笑った。「チェックアウト」と彼女は言った。「上手いこと言うわねえ」

できない

I Can't

オリヴィアはコーヒーを飲み終えて、とぼとぼ職場に向かっていた。仕事は大嫌いで、毎朝出勤するのが嫌で仕方なかった。顔を上げると、腰の曲がった白髪の老いた女性が、こっちへ歩いてくる。女性はオリヴィアをじっと見ていて、目付きには狂気が感じられた。オリヴィアは目をそらし、そそくさとすれ違おうとしたが、すると女性が「どこ行くの?」と言った。「え、何ですか?」「どこ行くの?」「仕事に」「何の仕事?」「『元気な女性!』って雑誌作ってます」「あら、あたしあの雑誌大好きよ!」と、腰が曲がって足も引きずっていて、『元気な女性!』で勧めているような運動を五分もやったら死んでしまいそうな老女は言った。「ひどい仕事ですよ」とオリヴィアは言った。「なんで？」と女性は訊いた。「まず、職場の人間関係が最悪だし、表紙のモデルなんかもだいたいみんな拒食症で、顔をデジタル加工して、一日十二時間日焼けマシン浴びさせられた新生児のお尻から皮膚移植したみたいな見栄えにして。それにあの『皆さん、やればできます！』っていう躁病っぽく明るいキャッチコピー、あれって要するに、一日二時間運動してケールだけ食べて体脂肪率二パーセントにして毎晩恋人か夫の器用な指と標準より大きいペニスで五分間持続するオーガズム与えてもらわないんだったら人間生きてないって意味ですよ。ほんとにもう、男だったらよかったのにって思っちゃいますよ」。老いた女性は重々しい顔でオリヴィアを見た。「ねえあんた、あたしと一緒に来なさい」。骨ばった手に指をぎゅっと、ものすごくきつく摑まれたので、捻挫したんじゃないかと思った。女性はオリヴィアを率いて最寄りの地下鉄駅の階段を下りていき、プラットホームの端まで彼女を連れていって、梯子を伝って線路に降りるのに手を貸し、しばらくのあいだ、地下鉄のトンネルの、悪臭ふんぷんたる闇の中を導いていった。トンネルの壁にあるドアを女性が開けると、金属の階段が下へジグザグにのびていて、一番下にもうひとつドアがあった。女性がそれを押して開けると、巨大な、天井の高い、柔らかな照明の灯った、ラベンダーの香りがする部屋が現われた。部屋には何百人もの、さまざまな年齢、体型、エスニシティの女たちがいた。彼女たちは運動し、料理を作り、パンを焼き、編み物をし、裁縫をやり、家具を作り、医療検査を行なったり受けたり、本を読んだり物を書いたりしていた。部屋じゅうに回転式のマガジンラックが置かれ、どれも上から下までぎっしり『元気な女性！』のバックナンバーが詰まっていて、創刊号から全部揃っていた。「ここ、いったい何なの？」とオリヴィアが訊いた。「何年か前にね」と老いた女性は言った。「友だち同士何人か集まっていて、驚いたことに、全員『元気な女性！』を読むのが大好きで、しかも全員うしろめたい気持ちでこっそり読んでることがわかったんだよ。で、もううしろめたさは捨てようってみんなで決めて、一緒に集まって、この素晴らしい雑誌に書いてあるとおり運動プログラムを実行して、レシピを実践して、医療とセックスのアドバイスに従って、手工芸品を作ることにしたのさ、それも一人でやるんじゃなくてみんなで一緒にやるんだ、みんなでやることにこそ力があるんだからね。そうやって〈『元気な女性！』アンダーグラウンド〉が生まれたのさ！」「で、その目的は？」「目的はね、毎号書いてある、より豊かで、幸福で、意味ある人生を築くための教えに従うこと」「でもあの、どこのページにも出てる、ありえないくらい痩せた、引き締まった、美しい、皺のない、馬鹿みたいに高いワークアウト服着たモデルたちはどうなの？」とオリヴィアは、その女性の顔に深く刻まれた年輪を見ながら訊ねた。「あの人たちはあたしたちの神々だよ」「えーっ?!」「キリスト教徒はイエスの善良さに圧迫を感じるかい？　仏教徒やムスリムは仏陀やムハンマドと較べて自分が救いがたく劣ると思うかい？　いいや、みんな、イエスも仏陀もムハンマドも、向上心を与えてくれる存在だとわかってるのさ」「でも言ってるじゃないですか、あのモデルたちって摂食障害抱えてるし、煙草は喫うし、いわゆる肉体的欠陥は印刷する前にデジタルで取り除くんですよ」「そうともさ。イエスだって、新約聖書の最終版では削除された記述を全部読んだら、複雑な、矛盾を抱えた、時にはすごく意地の悪い男が見えてくるはずだよ。だけど信者たちはそういう男を崇拝するわけじゃないよ」「じゃあこれって宗教?」「いいや、イエスだの何だのは、あくまで比喩で言ってるだけ」「どうしてあたしをここに連れてきたの?」「一年半前にあんたがこの雑誌で働き出してから、あたしたちずっとあんたの仕事見てたんだよ。素晴らしいと思うよ。あんたが依頼する記事も、あんたがやるリライトも、写真につけるキャプションも、補足記事も見出しも、みんなすごくたくさんの女たちに大きな意味があったんだよ。あんたはほんとによく働いて、給料は安くて、家族はあんたがやってることに敬意を払ってなくて、あんたのラブライフも萎えてしまって、こんな仕事価値があるのかと疑ってるせいであんたは本気で苦しんでる、だからあたしたち、これはもう介入すべきだって思ったのさ、あんたに相応しい愛情とサポートを与えて、あんたの人生をもっとよくしてあげるべきだって」「かえって悪くなったわよ!」とオリヴィアは言った。「あたし、髪の毛むしり取ってしまいたい!」「いけないよ、あんた自分で、髪をむしり取ることの危険を扱った記事発注して、編集もしたじゃないか」と老いた女性は言って、オリヴィアに向かってウインクしてみせた。

「行きなさい」と女性はさらに言った。「仕事に行きなさい。もうすでに遅刻させてしまったし、あんたは職を失っちゃいけない。週末に戻っておいで、あたしたちはいつもここにいるから。あんたを女王さまみたいに遇するよ、あたしたちと一日過ごしたら気分もすごくよくなるよ」

「あなたたちと三十分いただけで、あたし怖くなって、胃もキリキリ痛いわよ。こんなところ、二度と来るもんですか」「好きにしなさい」と老いた女性は言って、温かい笑顔をオリヴィアに向けた。オリヴィアは回れ右して、入ってきたドアを押して開けた。背後でドアが閉まると、彼女は闇に包まれた。手探りで階段まで行き、のぼりはじめた――『元気な女性!』の記事でフィットネス・インストラクターがすべての女たちに熱く薦めていたとおり、一歩上がるごとに尻の筋肉を引き締めながら。

マジで

Seriously

ジムは背が高くて痩せていて棒切れとか呼ばれていた。鹿や野生の七面鳥や鴨を狩るのが好きだった。熊狩りジョークというのがあって、ジョークの終わりで熊がハンターに鋭い心理的洞察を告げるのだがジムはこのジョークが嫌いだった。考えるのは得意じゃなかった。好きなのは鴨を撃って、その場でさばいて、家に持って帰り、妻のロナルドに渡して料理してもらい、二人の息子ドロシーと一緒に食べること。ドロシーにはちょっかいを出さない方がいい。

（＊訳注　ロナルドは男子名、ドロシーは女子名）

オペラ

Opera

トッドの母親はある持病のせいで若いうちから胎盤が劣化してしまい、トッドは遅れを抱えて生まれてきたが、やがてそれも克服した。四歳になったころには、歌をうたうようになっていた。六歳のときにはもう、国際的なオペラスターだった。八歳に至りようやく口を利き、「もう人前でオペラを歌いたくない、屈辱でしかないから」と言った。トッドは足もすごく速かった。最後のオペラ公演から二年後のある日、母親のサンディが車で彼を高校のトラックに連れていき、一マイル走のタイムを測った。彼の年齢層では世界歴代十位の記録だった。けれどサンディは、息子を世界規模の陸上競技大会にエントリーさせはしなかった。何しろオペラでもう懲りている。最後のツアーをキャンセルしたら、ネットでボコボコに叩かれて、そのあと酒浸りの一年が続き、持病も悪化して、左脚の膝から下を失ってしまったのだ。それに、変わった子供を持つストレスもある。トッドは相変わらずほとんど何も喋らず、夜に自分の寝室で独り言を言うだけだ。「心配ないよ、僕が見守ってるから、じきに君をこの満ち足りない暮らしから救い出しに来るよ」とか。これって誰が架空の存在なんだ、と母は首をひねった。言っている方か、聞いている方か、両方か、どちらでもないのか。まあどれでも同じことだ、という結論に至った。意味は明らかなのだから。あんたが自分の部屋で喋ってるの聞いたわよ、あれってどういうことなの、と訊いてみた。息子は黙って母親を見た。何を考え、何を感じているのか、母にはわからないが、これはこれでふれあいのひとつの形ではある。それに、ほかの形もあった。母が作ってくれた食事が目の前に置かれるたび、トッドは母に向かってニッコリ笑ったし、十二歳になるまでは、三晩に一晩くらいの割合で母のベッドにもぐり込んできて、難破したクルーズ船の生存者が流れてきた木片にしがみつくみたいに母にしがみついたのだ。しかサンディは酒を断ち、義足も作って、トッドと一緒にジョギングに行けるようになった。しかもけっこう速くて、まだ若かったし、きちんとダイエットして運動もしたおかげで、病気もなくなった。トッドの十四歳の誕生日の朝に、二人でフィールドを走っていると、黒っぽい、中くらいの大きさの犬が現われた。犬はトッドに人なつっこく寄ってきて、トッドも同じように応じた。「ハイ、プーチー（ワンちゃん）、ハイ、プーチー、ハイ、プーチー」――この一週間で母に言った言葉より六語多い。この交わりに見とれていたせいで、犬の飼い主である、黒髪の女の子がやって来たことに母親は気がつかなかった。かがんで犬を撫でていたトッドは背をのばし、女の子を見た。女の子も見返した。二人がいま初めて会ったことがサンディにはわかったが、二対の目がワイヤーでつながれたみたいに、これからたがいを知ろうと合意したこともわかった。「この子と走りに行きましょ」と女の子が言い、動けなくなったサンディの足が、その誘いに自分は含まれていないことを告げていた。トッドは棒を一本拾い上げ、いまだに母親を驚かせる力強さと敏捷さで、トラックのずっと向こうの方に投げた。犬は全速力で棒を追っていった。トッドと女の子は犬を追っていった。サンディが名も知らない女の子も犬も、すごく速かった。三者一緒にしばし止まると、トッドが犬の口から棒をもぎ取り、もう一度投げた。棒めがけて、みんなでいっせいにダッシュしたり。一人フィールドに残された母親が見守るなか、息子と彼の新しい仲間たちはどんどん小さくなっていき、やがて見えなくなった。

ある出来事

An Event

ある男がスーパーマーケットでシーラに何かをした。肉体的にされたんじゃなくてよかった、とシーラは思った。重たいビニール袋を両手に二つずつ提げて、道路の路肩がひどく狭い箇所を歩いていた。今日はそんなに重い物を買うつもりじゃなかったのだけれど、ヨーグルトとオリーブオイルと卵とオレンジジュースと鶏肉とミルクが必要だったのだ。だけど精神的な方が肉体的より悪いこともある、とシーラは思った。時が経たないとわからない。彼女が歩道に達すると、大きな黒い犬が彼女の方に駆けてきた。彼女ははじめ怯えたが、やがてその犬が誰だかわかった。ワンワン吠えて飛び上がってきて彼女の服を汚すその犬の名はレギー、「王様」

である。シーラはレギーの頭を撫で、レギーは家までついて来た。彼女は鶏肉にヨーグルトを添えてレギーに与え、それからキッチンテーブルに座って、ビールを飲んで泣き、レギーも泣いた。空はもうこのころには暗くなっていた。空はもうこのころにはいつだって暗いのだ、今夜みたいに暖かい春の晩でも。

出会い

The Meeting

ドラッグをやったあとケヴィンが図書館に行くと読書机の上に犬が立っていた。ゴールデンレトリバーで、艶やかな毛は綺麗に手入れされている。ケヴィンは犬の体をぽんぽんと軽く叩き、腹は減ってるかいと訊いた。人なつっこい、テレビに出てくる父親っぽい声で「馬鹿、腹なんか空いてないよ、だけどあの音は何だ?」と犬は言った。「あ、あれはサイレンだよ」とケヴィンは言って窓の外を見ると、救急車が猛スピードで走り抜けていったので「救急車のサイレン。救急車って何だか知ってるかい?」とさらに言った。「もちろん知ってるさ、救急車くらい」と相手は言った。ケヴィンが犬を飼ったのはいままで一度だけ、十四年前の十歳のときだった。ケヴィンがちゃんと世話できなかったので、半年後に両親が人にあげてしまった。ケヴィンはこの犬が本気で欲しくなって、すごく慎重に「君の飼い主、何ていう名前？」と訊いた。「知らない」「飼い主に最後に会ったのはいつ？」「知らない」「君、どこの町に住んでるんだい？」「知らない」「君の名前は？」「キャンダス」「君、男の子かい、女の子かい？」「女の子」「オーケー、じゃ行こう、キャンダス」。ケヴィンは図書館から出て、キャンダスもついて来た。ケヴィンが大学生何人かと一緒に住んでいる家は四つ角ひとつ越えたところにある。晴れた、暖かい、素晴らしい天気の日だった。キャンダスは彼と並んでとっとと歩道を歩き、キャッキャと笑いながら、テレビのスポーツアナウンサーみたいな声で「これはいい組合せになりそうです！」と言っていた。救急車がケヴィンの家の前に駐まっていた。彼とキャンダスが玄関に着くと、救急医療士二人が誰かを担架に乗せて運んでいた。運ばれているのはケヴィンだった。「僕、死にかけてるのかな？」と彼はキャンダスに訊いた。「いいや。でもこれ、教訓にするといいね」「教訓は何なの、もうドラッグはよせってこと？」「うーん、それはわかんないけど、そうしたかったら犬飼ってもいいんだよ」「ほんとに？」「ほんとに」「でも君じゃないの？」「そう、あたしじゃない」

なかなかのスライドショーだった。まず顔がいくつかあって、次は目だけいくつか、そして足先、それから尻、いろんな三角形の物体、丸い物体、ストライプ、アーチ、小塔、何列も連なる窓、十字架等々が続く。「この男がこの街を設計してくれてたらよかったのに。何せ醜い街だもんな」と、照明が灯るとともに一人の男がティムに言った。スライドショーが開かれた半地下から上がるエレベータのなかで、男は「俺、ベニー」と言った。「ティム」「え、ちょっと待って、あんた、クリスの友だちのティム?」。心臓の鼓動が速まり、ティムは「そう」と言った。「うわぁ、そうなんだ」。エレベータのドアが開いた。男二人は暗いトンネルを歩き、

でも彼はしなかった

But He Didn't

錆びた出口表示が上に掛かった金属のドアを抜けて、暗い街に出た。「見ろよ、これ」とベニーは言った。「おぞましいったらないぜ、この界隈全体、材料は安物だし、形も平凡、工事はやっつけ仕事、金儲けと強欲のお祭りさ」「そうだね」とティムは言った。「それでもみんな、花壇に花植えて、壁画作って、街頭でパレードやパーティやって、スライドショーを開いてる。人間って適応力あるよね」。ベニーが「適応力ならゴキブリだってあるさ。こういう建築見てると気が変になってくる。よそへ行っても変わりやしない。ゴールデン・エーカーズなんて立派な名前のエリアだって同じさ。ほんと、見るに堪えないぜ」と言った。「どうかなあ」とティムは言った。「あのへん、けっこう本物の新機軸もあったと思うよ」「ああ、ああ、何もかも『グリーン』で、『フローイング』で、『多目的』でさ、『自生植物』があって『たっぷり自然光』で。建築家なんて俺に言わせりゃ、格好だけの、自分の利益しか考えないクズどもさ」「僕、その建築家の一人なんだけど」とティムが言った。ベニーが「そうとも、ティム・トングレン、マッカー・ビルの設計者。巨大なケツの穴設計した方がまだマシだったぜ。だいたいトングレンって、どういう名前だよ?」と言った。「チベットの瞑想法の名前だよ。他者の苦しみを吸い入れて、知覚力あるすべての存在のために幸福を吐き出すんだ」「俺たちの友だちクリスの幸福はどうなんだ?」とベニーが迫った。「ああ、クリスね」とティムは言い、覚えのある鉛の重みが心にのしかかるのを感じた。ベニーが言った。「『ああ、クリスね』っていまさら何だ？　あんた、クリスの会社にマッカー・ビルの契約回してやれたのに、そうしなかったんだぞ。幼なじみだっていうのによ」「あいつの出した入札額は高すぎたし、組合に入ってない人間を雇用していたし、安全経歴は最悪だった。だから、無理だ、クリスにあの契約を回すことはできなかった」「だけど、わざわざ警察に通報しなきゃいけなかったのかよ？」「銃持って僕の家に来て家族を脅したんだぞ、そうするしかないさ」「刑務所には見舞いに行ったか？」「いいや」とティムは言い、覚えのある、大地がぱっくり開いて自分を呑み込んでしまえばいいのにという気分に襲われた。ベニーが言った。「刑務所ってのは最悪の空間なんだよ。あそこでクリスがどんな目に遭ってるか、言わなくてもわかるだろ。俺がここでお前を叩きのめしてやる」。ティムが暗い街を見回すと、おぞましい建物の並びが目に入った。こいつらが、いまにも自分が受けようとしている殴打の見物人となるのだ。「この建物たち、あんたが僕を叩きのめすのを見たがってる」とティムは、手をげんこつに丸めて歩み寄ってくるベニーに言った。「そういうのはよくないよ。いくら環境が嫌いだからって、人非人になっちゃいけない」「クリスを強姦してる奴らにそう言いな」。ティムはもう耐えきれなかった。彼は赤ん坊のように泣き出した。ベニーが絶叫した。二人はそこに立って、一方は泣き、一方は絶叫していた。ティムはじりじりうしろに下がり、それから身を翻して暗い街を駆け出した。ベニーは動かないままだった——あたかも見えない壁に押さえ込まれたかのように。

それ

It

目を閉じるたび、ローズにはそれが見えた。眠りにつこうと毎晩ベッドに横になるたび、昼のあいだ目を休めようとするたび、それは彼女を出迎えた。それはとても大きかった。そばに較べるものがあったためしがないので、それがどれくらい大きいかはよくわからなかった。それは真に黒の長方形で、その周りを、閉じた目が作る、もう少しぼんやりした黒が囲んでいた。はじめローズは、それについてべつに何の感慨も抱かなかった。それはただ、そこにあったのだ。でもそのうちに、好奇心が芽生えて、何か意味があるのかもしれないと思うようになった。父親の墓の前で、下着姿で桃を食べる夢をくり返し見たら、そこには何か意味がある。それと同じじゃないか。夢や幻覚について書かれた、学問的な本、馬鹿馬鹿しい本の両方を読んでみたが、そのどこにも、昼のあいだ目を三秒閉じただけで見えてくる長方形、なんて話は出てこなかった。ローズは高校の英語教師であり、したがってまず思いつくのは、それが黒板だという解釈だが、黒板は横長なのにこれは縦長だし、そこには何も書かれていない。夢や幻覚には何か物語が、少なくとも出来事の連鎖とか、生き物、生き物みたいに見えるものとかが出てくるのが常なのに、彼女の瞼の裏に現われる黒い長方形は、生きてもいないし変化もしない。それに、瞼の裏に現われるというのともちょっと違う。むしろ、目を閉じることで、元々つねにそこにあるものが見えてくるという感じなのだ――「そこ」というのがどこなのかはわからないけれど。「どうしたんですか、ローズ先生？」と生徒たちは、彼らが列をなして教室に入ってきても、彼女が立ち上がって挨拶もせず、目を閉じたまま机の向こう側に座っているのを見て言った。その閉じた目の下は、ここ何週間か、濃い紫色の隈がだんだん目立ってきていた。あんなものに、じっと見られて眠りたいと思う人間がいるわけがない。いや、「じっと見る」というのとも違う、それには目なんかないのだから、彼女の目を使ってこの世界に押し入ってこようとしているのだから。もちろん「押し入る」もやっぱり違う、とにかくそれは生きていないのだし、それと意思を交わすこともできないし、ましてやそれ相手に理を説くなんてできやしないのだ。にもかかわらず、彼女はそれに、自分の好きな詩を聞かせるようになった。読んで聞かせるわけには行かないから、空で覚えている詩を暗唱するのだ。ウィリアム・ブレイクの詩を何作か、エミリー・ディキンソンを数本、李白も少々。そのうちに、それに聞かせるために、わざわざ新たに詩を暗記しないといけなくなった。これまで理解できたためしのない、前衛詩人たちを試してみた。自分では何もわからなくても、意味が詩からそれへと達するための、導体にはなれるかもしれない。そうなったら、それそのものは何も意味していなくても、どこかには意味が存在する回路にそれを繋いでやることにはなる。一年が過ぎるころには、新しい詩が百本頭に入っていた。パーティなどで暗唱してみせると、彼女のこの新たな才能に友人たちは歓喜し、戸惑った。なぜそんなことをする気になったのか、と訊かれても、ローズは肩をすくめるだけだった。いままで誰にも言っていないし、言う気もない。それが彼女の頭の外で理解されるなんてありえないのだ。ローズはまだ若い、四十代に入って間もない女性であり、結婚歴は一回、いまは離婚して子供もいない。ある日、彼女が出勤せず病欠の連絡もしてこなかったので、放課後に同僚が家に訪ねていき、ナイトガウンを着てベッドに入ったままの、脳卒中、とのちに検屍官が判定することになる死体を発見した。遺体はやがて埋葬された。了解可能な意味を持つ黒い長方形たる棺が、まさに地中に下ろされるときも、本人はもはや考えることも感じることも見ることもできなくなっていたけれど、了解可能な意味を持たない黒い長方形が、いまなお彼女に寄り添っていたのだった。

やっと（Ｉ）

Finally [I]

何か月か前から失業しているハーヴィーは、頭をすっきりさせようと現代美術館に出かけていった。いつの間にか、小さくて暗い、壁にビデオを投影している部屋に入っていた。ビデオには、ぼやけた姿の女性が、灰色の背景の前で、自分の体に何か曖昧なことをしているのが映っていた。見ていて不安になったので、部屋の出口の方へハーヴィーは歩いていったが、間違って、入ってきたのとは別の口から出てしまった。そこはだだっ広い、天井も高い明るい部屋だった。床も壁もコンクリートで出来ている。背の高い木箱が向こう側の壁際に並び、フォークリフトが何台か、巨大な、形が不規則な金属の塊を、部屋の中のひとつの場所から別の場所へ移動していた。ハーヴィーのいるところから遠くないあたりで、小柄で白髪頭の男と、大柄で赤毛の女が激しく言い争っていた。「そんな話、同意しないぞ！」と小男が叫んだ。「絶対に同意しない！」「あらそうですか、じゃあもうこの美術館はあなたとは取引を続けられませんね」と女が、男の上からのしかかるようにして言った。男は首をうしろにそらして、女の顔を見上げた。「もちろん続けるさ。私はウラジーミル・シャルコフスキーだぞ！」。女の顔が紫色になった。女は目をぎゅっとつむった。目を開けると、ハーヴィーが一メートルばかり離れたところに立っているのを見た。「ああ、ミスター・デヴリン、よかった」と彼女は言った。「助かるわ、来てくださって。この問題、あなたが解決してくださると思うの」。女はハーヴィーを手招きし、彼が寄っていくとその肩を摑み、両方の頰にキスした。「やあ、デヴリン」とシャルコフスキーはぎこちない礼儀正しさで言い、小さな手をつき出したので、ハーヴィーは握手した。女は言った。「ミスター・デヴリン――エドワードって呼んでもいいかしら？――ご覧のとおり、あたしたち行き詰まってしまってるの。助けてくださいな」。ハーヴィーは人付き合いはいい方なので、こう言った。「いまはどうも具合が悪いんじゃないかなあ、二人ともだいぶ頭に血がのぼってるから。一晩ゆっくり眠って、明日またここで会ったら？」「どう、ウラジーミル？」。シャルコフスキーは用心深そうな目でまずハーヴィーを見て、それから女を見た。「いいともグラディス、だけど今日は契約書にサインしてお祝いに一杯やるものと思ってたから、運転手が迎えに来るまで二時間つぶさなくちゃならん。一体全体、何をしたらいい？」。シャルコフスキーはハーヴィーをじっと見た。「駄目よ、そんなの」とグラディスが言った。「エドワード・デヴリンに向かって、おいお前、二時間相手しろ、なんて言えるわけないでしょ」。だが彼女も、すがるような目でハーヴィーを見ていた。「僕は構わんよ」とハーヴィーは言った。「一杯やりに行こう」。じきに彼とシャルコフスキーは、美術館の向かいの、洒落たホテルのバーに座っていた。シャルコフスキーはバーテンに命じて、二人それぞれに、ウイスキーのダブルを三杯ずつ並べさせた。彼らは一緒に一杯を飲み干し、ハーヴィーはそこで止めたがシャルコフスキーは二杯目を飲んだ。「君、何かが胸に引っかかってるな」とシャルコフスキーは言った。ハーヴィーは「しばらく前に失業したんです。僕、エドワード・デヴリンじゃないんです」と言った。「もちろん違うさ。エドワード・デヴリンなんてどこにもいない。グラディスは年じゅうあれをやってるんだよ。君の仕事、何だったんだね？」「自動車のセールス」「なぁんだ。君に新しい仕事があるよ」「え？」シャルコフスキーは三杯目のウイスキーをごくごく飲み、さらに二杯注文し、仕事の説明をして、給料の額を提示した。その額はハーヴィーを驚かせた。酒が届き、シャルコフスキーが飲んだ。「あのう、まことに有難いお話ですが、僕は小さな田舎町の出でして、毎週日曜は教会に行くんです。それに、女房がどう思うか」「そうだ、君の細君だ。彼女の許可をもらわんといかんな。だがまずは私を立たせてくれんと。すっかり酔っ払っちまった」。ハーヴィーはシャルコフスキーに手を貸し、ふらふらの小男を自分の車に連れていって、郊外まで乗せていった。家に帰ると、双子はキッチンテーブルのハイチェアに座っていて、アーネスティンがブロッコリーのクリームスープの夕食を二人に食べさせていた。「ああ、アーネスティン、まさに私が思い描いていたとおりの人だ。それに双子！　この一家、素晴らしい！」。画家は倒れぬようハーヴィーの肘につかまっていたが、言葉ははっきりしていた。「ウラジーミル・シャルコフスキー？」とアーネスティンが言った。「私、あなたの作品、大学で勉強しましたよ。あなた、素晴らしいですよね」。シャルコフスキーは退屈そうな顔をしたが、やがて、ハーヴィーに関する意図を宣言した。「ハ、ハ、ハーヴィーを使うんですか——ハーヴィー・マームルを？——モデルに？」。アーネスティンはゲラゲラ笑って、テーブルをばしんと叩き、また笑った。「やめなさい！」シャルコフスキーがどなった。「この人を見下すんじゃない！　君の夫だろうが！」。アーネスティンは無言で涙を流した。双子が泣いて、ハーヴィーがなだめに行った。「おっしゃるとおりですわ、ミスター・シャルコフスキー」と彼女は言った。「ごめんなさいねハーヴィー、あたしただ……とにかく一日じゅうこの子たちとここにいて、あんたはどこで何してるか全然わかんないし、なんだか頭おかしくなっちゃうのよ」「ま、今日は実入りのいい仕事を見つけただろ」とハーヴィーは拗ねた声で言った。シャルコフスキーはレンジにつかまりながら言った。「いやいや、謝らなくちゃいかんのは私だよ、アーネスティン。経済的困窮というものが、結婚生活にとってどれだけ重荷となるかは、私にもわかる。私の父親は羽振りのいい靴製造会社の経営者だったが、やがてスターリンに救貧院に入れられて、それからシベリアに送られて、死んだんだ！」。シャルコフスキーの目からも、いまや涙があふれていた。「でもお願いだ、アーネスティン、ハーヴィー、約束してほしい、いつまでもおたがいを尊重すると。敬意こそ何よりも大切なんだ。さあ」と彼は言って、震える左手をブレザーの内ポケットに入れ、五百ドル札十枚の束を取り出してハーヴィーに渡した。「一週間目の給料だ」。それから彼は、くるくる回ってレンジの方へ行き、ブロッコリーのクリームスープの残りの中にゲロを吐いて、キッチンの床にくずおれ、意識を失って倒れた。アーネスティンはハーヴィーの許へ飛んでいき、両腕を巻きつけて、体をぎゅっと押しつけた。「おめでとう、あたしの夫。あんたのこと、すごく誇らしいわ」

静物画

Still Life

こんなことエヴリンは一度もやったことがなかったし、馬鹿な真似だと自分でもわかっていた。退屈で、給料も安過ぎの、最悪の仕事に向かう途中、いい感じのスーツを着た男に、君の写真を撮りたいと言われて、もちろん彼女は歩きつづけた。じきに相手は、これがどういう撮影で、どのくらい金になるか、けっこう惹かれることを言い出した。このところ、つまりこの二、三年、彼女の人生は暗澹たるものだった。男はすごく高そうなスーツを着ていて、それもあと押しになった。それから男は、彼女の手に現金を載せた――クーポンもマイレージも使わずにメキシコへ何度かバケーションに行ける額を。というわけでエヴリンは、男と一緒にリムジンに乗り込み、撮影場所へ向かった。そこは大きな倉庫だった。倉庫の中で、人々は次々に死んでいた。病気、老齢、傷からの出血、等々あらゆる原因で。彼女はただ、こうした人たちの隣で写真を撮られるだけでよかった。八時間のあいだ、一度に一人ずつ撮った写真が、中から上クラスの服の全国広告に使われるのだ。一人目はニコラスといった。頭蓋骨が損傷していた。「あなた、死ぬの?」とエヴリンは彼に訊いた。写真家と照明係たちが撮影の準備をしてメーキャップ係が二人に化粧を施しているあいだ、雑談でもしようと思ったのだ。「うん」「いつごろ?」。ニコラスは肩をすくめた。エヴリンは「あなた、結婚してるの?」と訊いた。何を言っているんだか、もう自分でもよくわからなかった。ニコラスは首を横に振り、そのはずみで椅子から落ちた。エヴリンとメーキャップ係の二人で飛んでいって彼を起こし、椅子に戻した。「君、撮影終わったらどうするの?」とニコラスがエヴリンに訊いた。六時に撮影が終わると、二人は川べりを散歩した。つまり、エヴリンが車椅子を川まで押していった。「土手の向こうまで押して、僕を川の中に落としてよ」とニコラスは言った。「そんなの駄目よ!」「落着けって、冗談だよ」「嘘でしょ」「じゃあさ、君のうちに行ってもいい?」「来てどうするの?」「裸になって、君のベッドで君と一緒に横になる」「それからセックスするの?」「たぶんしない」「じゃあ何のために?」「普通の理由だよ」「普通の理由って?」「僕は死にかけてる、君も死にかけてる……」「私、死にかけてないわよ、あの撮影でも私は死にかけてない方の役よ」「わかったよ、何でもいい」とニコラスは言った。というわけでいまエヴリンは、アパートの三フロア分の階段を、自分は五十五キロなのに七十七キロある、彼女のベッドで死ぬだろう男をおぶってのぼっている。膝がコケてしまいそうだ。ニコラスはジョークを連発していて、エヴリンはゲラゲラ笑って息もできない。

インターネット上で恥をかく方法

How to Be Shamed on the Internet

春に猫のパセリがいなくなった。ポリーとその娘レイチェルは、アライグマか車にやられたのだろうと考えた。やがて、真夏のある午後、痩せて毛もぼうぼうで、目も濁ったパセリが彼女専用の猫ドアから入ってきて、キッチンの床の定位置の、陽のあたる長方形に横たわり、息絶えた。レイチェルはこれをスマホで記録した。彼女は何でもかんでもスマホで記録するのだ。死んでいくパセリの動画を母親に見せながら、母の反応を動画に撮り、それから母に感想を求め、その姿も動画に撮った。編集済みの動画を初めて通しで見たポリーは、精一杯褒めようとして、生と死をまっすぐ見据えている、などと言ったが、それから、「でもハニー、なんでパセリを『ザ・ロック』って呼んでるの？」と訊いた。「それはねママ、パセリじゃポリーと音が似すぎてて、で、ポリーって、ママがいつも、物事はこうあるべきだって言って、そうじゃないときまでそうだって言いはる感じと似すぎてるから。あたしが『まっすぐ見てる』って思えるのは、ママがまっすぐ見てないからだよ」。一年前にも、これとほぼ同じ論法で、娘は自分の名前を法的に、母と同じ「ポリー」から「レイチェル」に変えたのだった。その動画には、猫の名前が変えられた以上にポリーを動揺させたことがあったが、彼女はそれを話題にする勇気がなかった。アップロードして最初の数週間で、何百万もの人が観て、やがてメジャーなウェブサイトからレイチェルにインタビューの申し込みが来るようになった。ポリーは不安だった。これは、猫をめぐる心温まる物語なんかじゃない。これは猫をめぐる、残酷さと、裏切りと、喪失と、死を前面に押し出した物語なのだ。レイチェルが初めてテレビインタビューに出演したとき、スタジオに集まった観衆が、ポリーが大写しになる場面を見て笑った。レイチェルを乗せて車を走らせる帰り道、ポリーは手が震えないようハンドルをぎゅっと握っていた。帰りつくとレイチェルは、まっすぐ自分の寝室に向かいながら、下を向いて、親指でスマホを何度も叩きながら、友人や親戚のお祝いメッセージに応えていた。と、ポリーが「待ちなさい！」と叫んだ。レイチェルはぐるっと向き直った。母親からこんなふうに声をかけられることに彼女は慣れていなかった。「あの人たち、あたしのこと笑ったのよ！」「で？」『で？』？

あたしはあんたの母親なのよ、あんたはあたしに恥をかかせたのよ」「ママは自分で恥をかいたのよ」。観客が笑ったのは、ポリーの顔の静止画像が七秒間続く場面で、猫の死をレイチェルが撮った映像をポリーが初めて見た瞬間の顔だった。その表情は悲しみではなく、嫌悪の表情だった。そのしかめ面、醜い顔が、会場を埋め尽くした人びとには滑稽だったのだ。「なぜあんなことしたのよ、レイチェル?」とポリーは、キッチンと二つの寝室とのあいだの、絨毯を敷いた廊下で娘を問いつめた。「なぜって、ママ、あれが『ポリー』の下にいる、ほんとのママだからよ」「あれはほんとのあたしなんかじゃない。あんたがあんな不気味な、胸くそ悪いビデオ作ってあたしをああいう気持ちにしたのよ、で、それを撮影してもう一本胸くそ悪いのを作ったのよ」「ママはあのビデオ、胸くそ悪いって思うのよね。そうママが思うことが、あたしにはメチャクチャ笑えるのよ。けさの三百人もあたしと同感だったのよ」。ポリーは思いきり、初めて、レイチェルの顔をひっぱたいた。レイチェルは呆然として母を見て、それから、顔を真っ赤に歪めて、母に向かってきた。ポリーにパンチを浴びせようと、右手をこぶしに固め、大きく振り上げた。いかんせん、娘はおそろしく喧嘩が下手だった。動きは見えみえだったし、パンチは速くも強くもなかった。パンチを出した方の手をポリーはがっちり摑み、もう片方の手も摑んで、レイチェルの両腕を自分の脇に押さえつけ、ボディジャブが出せないようぎゅっとハグした。レイチェルはもがき、うなっていたが、じきにそれはすすり泣きに変わった。「ごめんなさい、ママ、ごめんなさい、ごめんなさい！　あの子がいなくなって寂しいのよ、あの子が死んでしまってぇぇぇぇぇ！」。自分の中にポリー的すすり泣きが生じつつあるだろうかと、ポリーは己の胸と喉に意識を向けてみた。何も生じていなかった。春以来ずっと何度も考えていたことを、ポリーはここでもまた考えた。結局は死にに戻ってきたけれど、パセリがまずいなくなったのは、レイチェルが何か、パセリを追い出すようなことをしたからじゃないか。まあ、どうでもいい。レイチェルが泣きやむと、ポリーはその体を放した。「ハニー、あんたの携帯、渡してくれる？」。レイチェルはそれを母に渡した。ポリーはキッチンに歩いていき、スマホをリノリウム貼りのタイルに叩きつけて、七回か八回踏みつけた。残骸を拾い上げ、ゴミ箱に放り込んだ。「さあ、一緒に裏に行きましょ、パセリに挨拶するのよ」。二人はキッチンの戸口から裏庭に出た。まず母親が、それから、うなだれた娘が。出来たての墓の前に二人は立ち、死者に敬意を表した。

でも気にしないで

But Don't Worry

九月の終わり、庭の奥に立つイロハモミジのそばに生えた高い草むらにブライアンは埋もれて横たわっていた。空を見上げると、青かった。自分と空とのあいだの空気を見ると、よく見ない限り色はなかったが、よく見れば、その空気が、多くのさまざまな色がついた無数の微小な点から成っていることがわかった。これらの点は原子である。宇宙全体が原子から成っているのだ。裸眼で原子が見えるのは自分だけだろうか、とブライアンは考えた。母親が三十メートル離れた玄関口に立っていて、彼の名前を呼んだ。これで七回目。それまでの六回、母は名前を問いとして言っていて——「ブライアン？　ブライアン？」——回を重ねるごとに少しずつ声が高くなっていた。七回目に呼んだときは問いではなく、ブライアンと宇宙とに対する警告だった。ブライアンに対しては、こっちへ戻ってきた方が身のためよ！　宇宙に対しては、この子まで連れ去ったら承知しないわよ！　ブライアンからすれば、宇宙に何かが聞こえるなんて、あるいは宇宙が物事を起こすことができるなんてありえない話だった。一方母親は、宇宙が夫を奪ったのだと信じていた。ブライアンには母のことがよくわかっていたから、ポーチから「ブライアン！」と呼ぶ母の声一つひとつの根底にある思いが手にとるようにわかった。これで九回目の「ブライアン！」、十回目。だが母に関し彼にもわからないのは、夫の失踪について母がどこまで知っているかだった。母が自分に何も言おうとしないのは、そして事実を捨てて宇宙云々といった戯言（たわごと）にすり替えてしまうのは、彼が見るところ、ひとつは母が信じている怪しげなスピリチュアリズムが原因だろうが、もうひとつ、ありのままの真実から息子を護ろうと決めたということでもある。とはいえ、もし母がしっかり目を開いて見てみるなら、真実だったら彼の方がずっと多くを、よりよく知っていることがわかるはずなのだ。父親はほかの女と駆け落ちしたのか？　病気なのか？　死んだのか？　父の不在を、執拗に作り話でくるんでしまう母の態度は、ブライアンにとって苛立たしいというだけでは済まない。もし単に苛立たしいだけなら、この人物を母として持つことから生じるその他もろもろの苛立たしさとともに十分許容できるはずだ。それらを全部合わせたところで、母の一連の美点と天秤にかければ、全然軽い——母の暗い美しさ、優しさ、ブライアンの小学校の成績がよかったのを喜んでくれたこと、シナモンバターミルクパンケーキの作り方といった欠かせない事柄について持ち合わせている鋭敏な知性。でも駄目だ。本人は残酷なつもりでなくても、この決定的な情報を隠すことの残酷さのせいで、自分の体を構成しているすべての原子がいまにも四方八方に飛び散ってしまいそうにブライアンには感じられた。そうなったら彼は空気となり空となるだろう。でもまだ、そうなるための心の準備は出来ていない。だから、もうしばらくブライアンとしての形を持続させるため、彼は口をつぐんでいた。それだけが唯一、「ブライアン！　ブライアン！」という彼女の叫びに対して——そう、それはいまや叫び声だった——彼が示しうる反応だった。二人の隔たりはいまや別々の銀河にある星と星のそれだった。秋が来た。イロハモミジの葉は燃えるように赤かった。

もっとゆっくり

Not So Fast

「嫌よ、もううんざり！」君は母親に言って家から出ていく。道路に通じる敷石を半分行ったところで母親が「デボラ、待って！」と言う。君は歩きつづける。もう文字どおり二度と母親の顔を見たくないのだ。「あたしの小包、出しに行ってくれない？」。その小包はいま出てくるときに見かけた。茶色い紙で包んだ靴箱で、差出人住所は書いてない。君はいままでにも、こういう小包を母のために何十と出しに行ってきた。「ねえ、お願い」。君はふり返る。母のちょっとした頼みを叶えてやるために、自分に誓った厳かな約束を破る。君は母親の手しか見ないよう努めるが、母親全体の真ん前に立っていて、その一部分しか見ないなんて不可能だ。君の目が上がって母の顔に向けられる。君はそこに、視力というものを持ちはじめて以来ずっと探しつづけてきたものを、探す――すなわち、君自身を。でもそれはそこにない。だから君は小包を手に取る。

君は郵便局に向かって歩いている。君は安堵している。これがなかったら、どこへ行ったらいいか、自分をどうしたらいいか、わからないだろうから。そして落胆してもいる。途方に暮れた気持ちというのは、自分がどこへ行こうとしているかはっきりわかっているときに最悪になるからだ。とはいえ、小包がどこへ行こうとしているのか、君は知らない。宛先を全然見ていないのだ。いや、見はしたけれど読まなかった。それは不可能なことじゃない。君はいつだってやっている。頭をぼやけさせて、何もわからなくするのだ。

郵便局の前に、アイゼイアという名前の郵便配達人が立っている。もう何度も見たことのある人だ。アイゼイアはニコニコ笑っている。「それ、私に直接渡してくれればいいよ」と彼は言う。

「切手も貼ってないんです」

「構わんよ」

「で、これを宛先まで、一人で持っていってくれるっていうの？」

「私にはね、すごい力と知識があるんだよ」

「ふうん、そうなの」

「コイン、自転車、象、何でもいい、紙で包んであって、三行にょろにょろ書いてありさえすれば、惑星上の五七〇〇万平方マイルのどの地点にもかならず配達する。私の郵便トラックに乗って配達を手伝うかい？」

今日はどこかいままで行ったことのないところへ行くつもりだったことを君は思い出し、アイゼイアのあとについてトラックに乗り込む。ただし助手席にではなく、後部に。アイゼイアがドアを閉めれば、もう君は誰からも見えなくなる。トラックに据え付けられた金属製のベンチを彼は指さし、君は座る。君を見下ろすようにして、この空間にどっさり積まれた箱の山のひとつにアイゼイアは寄りかかる。と、彼が大きなカッターナイフをポケットから取り出し、君は思う――「やれやれ、さようなら人生、あんたと別れてちょっと寂しくなるわね」。アイゼイアは小包の茶色い包み紙をナイフで切り裂く。

「ちょっと、何してんのよ？」

「小包を配達してるのさ」。彼はナイフをポケットに戻してまたニッコリ笑う。そして紙を剥がし、その小さなダンボール箱を君の膝の上に置く。君の腋の下は湿っていて、君の中にあるあの傾向ゆえに――ひとまずそれを哲学的姿勢と呼ぼう、君は一生ずっとその姿勢を立派に貫いてきたのだ――君は動かない。膝に載った靴箱同様、まったく動かない。

「さあさあ、明るい目の君、君ならできるよ」

鏡を見ても君の目はいつもどんより曇っているようにしか見えない。君の両手が箱の蓋を持ち上げている。中には折り紙がどっさり入っている。でもすごくいい折り紙だ。とびっきり優美で複雑で、白鳥や鶴はもちろん、孔雀やヘリコプターもあり、それが全部、口の中で溶けてしまいそうに見える虹色の紙で出来ている。

「これ、何?」君は言う。

「まず君から」

「まず私から何なの?」

「まず君がひとつ取ってから、私がひとつ取る」

「ひとつ取る?」

「食べるんだ」

「なんで?」

「なんでだと思う?」

君は白鳥を選ぶ。

「君には完璧な選択だ」

「なぜ?」

「みにくいアヒルの子が白鳥に、云々かんぬん」

白鳥は君の舌の上で溶け、ひんやりした苦みがまず口に、それから顔、首、頭のてっぺんに広がる。アイゼイアはラブラドルレトリバーを食べた。

「で、次は？」君は訊く。

「待つんだ」

「どれくらい？」

前にも見たことのある表情の、より友好的なバージョンを彼は君に向け、ゆっくり近づいてくる。君は止めない。いや、そうじゃない――折り紙の箱を膝からどかして床に置くことで、積極的に招くのだ。白鳥云々が一番の理由だ。高校の野球チームのショートの子とやったこともこれと同じ名で通るわけだがそこにほとんど共通点はない、なぜならアイゼイアの態度も技術も全然違うしそれに君が自分から関わるところも違う、顔から判断するに君の関わり方にアイゼイアもすっかり満足している。

君は小さな金属のベンチに座る姿勢に戻りアイゼイアは箱の山に寄りかかる姿勢に戻るがそのとき、彼が寄りかかっている箱の山にもトラックの中のほかのすべての箱にも明るい緑の苔が見るみる生えてくるのを君は見る。そしてアイゼイアは依然アイゼイアだが同時にラブラドルレトリバーでもある。君は黒鳥（こくちょう）だ。アイゼイアは「今度は何したい？」と吠える。

「母親にさよならを言いたい」。これは鳴き声の連なりとして出てくるが犬はうなずいて理解したことを示す。自分の欲求に声を与えるには、そもそも欲求を持つにもこうやって鳴くしかないのだろうと君は考える。

君と犬はトラックの後部から出て運転台に入っていく。犬は運転席に行き君は助手席に行く。犬は君の母親の家まで車を運転していく。犬にしては運転は上手い。

黒鳥になった体で、生まれ育った家を見ると、人間の体でこの家を見るときに生じる喉の収縮もこめかみの疼きも感じない。君と犬のアイゼイアはトラックを降りる。すぐ戻ってくる、と犬は言って折り紙の箱を口にくわえてとっとっと歩き去る。「すぐ戻ってくる」という科白はいままでにさんざん聞いたから、ささやかれようが吠えられようがそれがどういう意味なのか、もうあきらめはついている。屋根の上ですっかり怯えているヒヨコが君の注意を惹く。君はそこに飛び上がり、長い、カーブした喉から低い、なだめるような音を出しながら、屋根のてっぺんに沿ってヒヨコの方へ歩いていく。ヒヨコは君の顔に飛んできて君の嘴(くちばし)と目を羽で叩く。それで君はヒヨコが君の母親だとわかるが、母の羽はあまりに柔らかで小さいので君は痛くも痒くもない。君は嘴で彼女の首筋をくわえ、家の玄関先に舞い降りて安全に彼女を下ろす。

君は自分の寝室に向かって歩いていく。黒鳥の背丈は六歳の子供の背丈とだいたい同じであり、依然黒鳥の体の中にとどまりつつも君はふたたび、この家の台所で六歳の人間であることと不可分の不安を体感する。君は寝室に到達し、シャツ、スラックス、下着、靴下、洗面具を小さな旅行鞄に入れる。ヒヨコもあとについて入ってきていて、君に向かって狂おしくピーピーと鳴き、君の脚や爪先を突っつく。君が嘴で鞄を台所まで運んでいくと彼女は「そのかばん下ろして晩ご飯作っておくれよハニー、あんたが帰ってくるの待ってたんだよ。煙草、買ってきてくれた?」と言う。彼女は人間に戻っていて君も人間に戻っている。

「忘れた」

「あと二本しか残ってないんだよ、たった二本でどうやって……」まだ続く言葉を聞きながら君は食器棚からビーンズの缶詰を二つ出し、流しの上の金網の籠から玉ネギを一個取り、冷蔵庫からソーセージを出し、「折り紙、短い命だったな」と思う。

台所のドアをノックする音が聞こえる。

「誰なの?」母親は君に訊く。

「友だち」君は言う。

「ふん、そうよね、これはちゃんと見なくちゃ」母はドアを開ける。「あ、この落ちこぼれか」

アイゼイアは「こんばんは、USPS配達員として娘さんに封筒をひとつお届けに上がりました」と言い、君に封筒を渡すが、母はそれを奪い取ってビリビリ破いて開ける。中には千ドル入っている。

「あんた、あたしの折り紙売ったんだね！」

「はい、そうです」

「ハニー」母は言って君の腕を摑む。もう小鳥のようにではなく、君が慣れっこになっている、あざが出来るほどの力で。「いいかい、あたしはただの販売代理人なんだよ。このド阿呆がなんで千ドルしか取れなかったか知らないけどこれを作った人にあたしは二千ドル払わなくちゃいけないんだよ、払わなかったらその人ここへ来てあたしの腕を折るんだ」。母の言ってることが本当かどうかはわからないけれど、自分が生まれて初めてやった重要な行為が母親を裏切って母の命を危険にさらすことだったということが君にはわかる。

「その人、いつお金取りに来るの？」君は訊く。

「月曜」

「それまでに残りのお金なんとかする」

アイゼイアが口を開く。「信じられない、なんでそんなことするんだよ。君、母親にいままで何度裏切られたと思うんだよ。この町の住民みんな知ってるぜ、君の母親がどういう種類の人間か」

「あたしは黒鳥だった。そしてあんたは犬で母さんはヒヨコだった。誰も一種類の人間だけじゃないのよ。誰だって何か別のものになるのよ」

「まあ君がそう言うなら。また会えるかな？」

君の母親はニヤッと笑い、君は口が利けない。アイゼイアはさっと寄ってきて君の頬にキスして台所から出ていく。

君はレンジに鍋を載せ、火を点け、油を入れて、玉ネギを刻みはじめる。

「ひとつだけ、チビの郵便配達人に賛成する」君の母は言って最後から二番目の煙草を箱から取り出す。「何ひとつ変わっちゃいない。あたしはあんたより強いしあんたより賢い。あんたはあたしから逃げられやしない。あの男があんたを救い出したりはしない」

「そりゃあの人はしないわよ」

君の喉は縮んでいて、こめかみがずきずき疼き、君はもう女ではなく、黒鳥でもなく、台所の床にいる蟻だ。だが玉ネギが焦げたら料理が駄目になってしまうことは蟻だって知っている。

だから君は玉ネギをかき混ぜる。

あの、すいません

Pardon Me, Ma'am

僕はどこへも行くところがない。ママとパパは喧嘩していて、兄貴は前は町の反対側のアパートにいて泊めてもらえたんだけどいまはアフガニスタンに行っていて、僕の親友二人は夏休みで旅行に出かけてる。それで僕はこうやって夜の街に出ていて、三十七度の暑さの中をTシャツ姿で歩いてる。家にはエアコンがあるから涼しいんだけど、パパが失業して狭い家に引越してから僕の部屋はもうなくて、すごく小さなバスルームでトイレに座ってるかリビングでママとパパがののしり合うのを聞いてるしかない。ここはものすごく広い駐車場で、真っ暗なので何の店の駐車場かもよくわからないし、車は全然駐車してない。と、何か黒い丸いものが空中を飛んでくる。滑るように、こっちへやって来る。フリスビーだ。僕はそれをキャッチする。「ハロー?」。誰も答えない。僕は来た方向にフリスビーを投げ返す。コンクリートにぶつかる音も聞こえない。また戻ってきたので、もう一度投げ返す。「誰だよ、そこにいるの?」。返事なし。それが二度とも飛んできた方角に僕は歩いていく。何かふわふわ毛深い、腰ぐらいの高さのものに僕はぶつかる。そいつは光る緑色の目をしてる。「お前が投げたのか?」。そいつは答えないし、ほかの誰も答えない。そいつは僕の手の臭いをくんくん嗅いでる。僕は動物とはそんなにつき合いがない。そいつは僕の手を思いきり噛んで、フリスビーを口にくわえてとっとと歩いていく。僕の手から血が出ている。兄貴のボビーならどうしたらいいかわかるだろうけど、ボビーは遠くにいてアルカイダを殺してる。うちへ帰らなきゃいけない。ていうか、もうここで横にならずにいられない。と、目が覚めた。もうどれくらい外にいるんだろう?僕は歩道に倒れてる。雪が降っている。手は痛くない。あんなこと、本当にあったのかな?冬物のコートを着てるのに寒い。うちへ帰った方がいい。あれっ、うちは茶色だったのに白くなってる。きれいな若い女の人がドアを開けて、「こんにちは、何かご用?」と言う。「えっと、ママとパパを探してるんです、フィリップとリサ・ブレイスウェイトっていうんですけど」。女の人はまごついた顔をする。「僕、お腹空いてて疲れてて寒いんです」「ちょっと待って」と女の人は言って、僕からは見えない部屋に入っていく。そしてコーンブレッドを一切れ持って戻ってくる。「はい、これ食べて」。前はうちのポーチだったポーチに僕は立ったまま、コーンブレッドを食べる。ものすごく美味しい。「あなた、名前は？」と女の人は訊く。「デヴ・ブレイスウェイト」「あなた、私が誰だかわかる？」「いいえ」「私はサリー・ブレイスウェイト」と彼女は、それが誰だか僕にはわかるはずだっていう感じで言う。「僕のいとこか誰かですか？」「いいえ」と彼女は言う。「私、ボビーの奥さんよ」「ボビー、結婚なんてしてませんよ」「したのよ、交通事故で亡くなる前に。結婚式のときも、それから葬式のときも、あなたに連絡とろうとしたのよ」「そんな！　だってボビー、アフガニスタンにいるんだよ」と僕は言う。僕は怯えている。女の人もやっぱり怯えた顔で僕を見る。「お入りなさい、デヴ」前とは違うカウチがそこにあって、女の人はそのカウチに座って、隣に座るよう僕に身振りで促す。「あなた、あの人にそっくりねえ」と女の人は言う。そうして、僕の首に両腕を巻きつけてしくしく泣き出す。それから僕たちはキスしている。いままで誰ともキスしたことないから、キスっていつもこんなふうにすごく悲しくてすごく気持ちいいのか僕にはわからない。

クォーターバックも苦しんでる

QB Suffering Too

一人の男が高校に来て子供と銃について講演したが、ソフィーは聞く気になれなかった。外に出て、秋の小雨が降る下で、フットボール場の真ん中に寝転がった。雲が過ぎていくのを眺めた。フットボール選手が三人寄ってきた。「出てけよ、ここフットボール場だぞ」と一人が言った。トムという名のクォーターバックだった。「黙れよ、この子俺の彼女だぞ」と別の一人が言った。リック。ソフィーはひと月前に父親を亡くして以来頭が全然働かなくて、リックのことを構ってあげられずにいたけれど、リックはあきらめていなかった。「よぉソフィー、ソフィー、愛してるよ、ソフィー、お前の黒いメーキャップ大好きだよ、黒い爪も、黒いパンティも」とトムが歌った。「黙れよ」とリックが言った。ソフィーは観客席に行って、三人がボールを投げあい、泥のなかでタックルしあうのを眺めた。リックが一番小さくて、投げるのが一番下手で、走るのも一番遅く、一番頻繁にタックルされていた。ぶつけられるたびにリックが痛がっていることがソフィーにはわかったが、彼はそれを表に出さなかった。ソフィーは警官だった父親がメタンフェタミンの売人に撃ち殺される前から、父親みたいな男を恋人にはしないと決めていた。超強い耐え抜く男なんて、一生に一人で十分だ。トムが見事なロングパスを投げて、彼女に投げキスを送ってよこした。雨が強くなると、トムともう一人は建物の中に駆け込んだ。ソフィーは観客席の下の、雨が入らないところに立った。リックがいつもの悲しげな顔でやって来た。リックのことは嫌いじゃなかったし、彼が完全に去ってしまうのはそれはそれで耐えられなかったけれど、リックとどう話したらいいのかわからなかったから――そもそも誰とだってどう話したらいいかわからない――彼女は片手をのばして、彼をすばやく手で行かせてやり、そのあいだ彼の繊細な、泥が飛び散った口を眺めて、その眺めに慰められた。もしこの人がこの口をなくさずにいて、フットボールをやめてまたバイオリンを始めたら、そうしたらあたしもこの人に心を開けるかもしれない、と思った。でもそんなのはアホな考えだとわかった。もし何かをしたらその男を愛する、なんてことじゃないのだ。まだ女になる覚悟が、ソフィーには全然出来ていない。だから彼女は、高校が永遠に続けばいいと思った。

狂った元妻

Crazy Ex-Wife

金曜の午後、シオは娘のジュニパーを迎えにセラピストのオフィスへ行き、二人で田舎へ出かけた。元々は釣りに行くつもりだったが、ジュニパーが水曜の夜に電話してきて、週末に父さんと一緒に魚を殺すんだと思うと一日中ずっと辛い、と涙声で訴えたのだった。車が町の外へ出るとともに、ジュニパーは助手席から期待のこもった目でシオを見ていて、シオに考えられるのは、自分の十三歳の娘が誇張抜きで「一日中ずっと辛い」と言うのを聞いたということだけだった。二週に一度の金曜日、元妻のジャネットがこの子をセラピストのオフィスで降ろして、シオがそこへ迎えに行き、たがいに顔を合わせないようにしているわけだが、この取決めがジュニパーにどんな影響を及ぼしているんだろうか。「釣りのことどう思ってるか、言ってもらってよかったよ」とシオは言った。涙が一粒、ジュニパーの目から流れ、やがていくつもの涙の粒が出てきて、彼女はしくしく泣きはじめた。シオは右手をのばして、ジュニパーの小さな、膝の上で固く握っている両手の上に載せた。彼女は手を動かしもせず、ぎゅっと組んだ握りを緩めもしなかった。彼女をハグして涙を拭いてやろうと、シオはハイウェイから出た。「いいのよパパ、大丈夫、このまま走ってよ、あたし大丈夫だから」と彼女は泣きながら切ぎれに言った。だが彼はすでに、草の生えた路肩に車を寄せていた。自分たち二人が、黄昏どきに静かな湖でカヌーに乗っている姿をシオは思い描いた。父と娘は歌い、ジョークを飛ばし、ふざけて水を浴びせあい、たがいに相手の沈黙に気持ちよく浸っている。それを実現するために、何かできることはあるだろうか？　ハイウェイ脇の草の細い帯の縁、木々が鬱蒼と並んでいる方をシオが見ると、ボロボロの格好をした赤毛の女がこっちへ歩いてきていた。元妻のジャネットもやっぱり赤毛だった。この女はジャネットの美しいタンカラーのスウェードコートを着ているように見えたが、コートはいまやへたっとして脂の染みだらけで、ボタンもなくなっていた。女はでたらめなジグザグを描きながら、車の方にやって来る。髪は乱れ、顔は汚れて目は焦点が合っていない。それはジャネットだった。シオは車から飛び出して彼女の方に行った。彼女は怯えて木々の方に駆け戻り、一本の木の陰に縮こまった。「あたしにやらせて」

とジュニパーが言った。そしてするっと車から出て、母親の方へゆっくり歩いていった。近づいていきながら、うずくまった、怖がっている女に向かって何か言っていたが、次々ハイウェイを過ぎていく車の轟音がうるさくて、何と言っているのかシオには聞こえなかった。ジュニパーは片手をのばし、母親に向けて長いあいだその手をつき出していた。とうとうジャネットがその手を取り、母と娘は手をきつく――ついさっきのジュニパーの両手とほぼ同じ感じに――握りあったまま、ゆっくり車の方に戻ってきた。ジュニパーが後部席のドアを開けた。ジャネットがすっと中に入り、後部席の上に丸まって、きつく目を閉じた。彼女がそこに横たわってぶるぶる震えているなか、シオは車を始動させた。ジュニパーが前部席に乗り込み、シオはハイウェイに戻っていった。もちろん、狂ったジャネットをめぐるこんな出来事は、いっさい起こらなかった。起きたのは、シオがハイウェイに戻って田舎へのドライブを再開させたということだった。

ウォルトは自信がない

Walt's Insecure

　ウォルトは気候変動（クライメット・チェンジ）と言おうとしたのに気候制御（クライメット・コントロール）と言った。全然違うぞ、アホ。これはウォルトの息子トムが、ウォルトの頭の中でウォルトに言ったのだった。トムは四歳で、気候変動も気候制御も全然知らず、概して愛想がよかった。ある夜、トムが三十八度九分の熱を出し、ウォルトは彼に薬を飲ませようとした。トムは抵抗した。ウォルトはトムの両手をベッドに押さえつけて薬を無理矢理口に入れた。トムはそれを吐き出した。ウォルトはもう一度試み、今度はトムも呑み込んで、それから、パパなんか嫌いだと言い五分後にはすやすや眠っていた。ウォルトはリビングルームに出ていった。地質学者の妻エミリーが「あなたってものすごく自分を憎んでて、見ていて怖くなるわ」と言った。「わかってる。出ていかないでくれ」「出ていかないわ、あなたは優しくて愛情深くて頭が切れて笑えて、あたしにすごいオーガズムを与えてくれるし、稼ぎも年に五十万ドルあるから」「僕、笑ってもらえる気分じゃないよ」「保証するわ、あなたいまものすごく笑えるわよ」

やっと（II）

Finally [II]

愛はリオンにとって試練だった。体の真ん中に鋼鉄の竿がぴんとまっすぐのびていて、誰かにぎゅっとハグされるたび内臓が鋼鉄に押され、ものすごく痛いので、真っ暗な自室で一時間、じっと一人横になっていないといけなかった。部屋の闇から出て、ハグしてくれた人物と話そうとしても、その人物はたいてい、もう家にいなかった。ある日、ヒーリング&自己実現セミナーの相互マッサージ練習で、リオンはピンク・キャットとペアを組まされた。ピンク・キャットは鼻、耳、眉、唇、舌、もうそこらじゅうピアスをしていた。「僕も体の中に金属があるんだよ」とリオンは彼女に言った。「真ん中に、ぴんとまっすぐ」。たいていの人はそこで戸惑った顔になり、あれこれ訊いてくるのに、ピンク・キャットはにっこり笑って、「あんたから先マッサージする?」と言った。当人たちの責任ではないとはいえ、彼の中にある金属をよけるすべを知らない連中に、さんざん無造作に触れられて痛い思いをしてきたものだから、こういう体じゅう金属だらけの人間に触れるコツをリオンは心得ていた。ピンク・キャットはこの手のセミナーにこれまで五、六回来たことがあったが、たいていはマッサージが始まる前に帰ってしまい、たまにとどまっても、こういう場所に来る人たちの触れ方がどうしてもしっくり来ず、決まって飛び上がり部屋から逃げ出してしまい、もうこんなところは二度と来ないと誓うのだった。でもこの男は違った。触れ方はずいぶん強いし、激しいと言ってもいいくらいなのだけど、そこから伝わってくる思いは「僕は君を世話しているよ」であって、いつもの「僕、君にビビッてる」とか「お前を燃えさせたいぜ、ワイルドなピアス女」とかではなかった。自分がリオンをマッサージする番になると彼女はクスクス笑い出し、リオンは「うわ、クスクス笑うってのはぞんざいってことだよな」と思って身を固くした。言うまでもなく、普通はこういう場合、ごく軽く触れられるだけで体の奥が痛む状態になる。ところが、触れてきた彼女の手はしっかり安定していたので、リオンはたちまち落着き、そこから続いたマッサージは彼の体の奥深くまで届いて、すべてに触れたものの鋼鉄の竿にだけは触れなかった。それから彼女は、鋼鉄の竿に触れた。彼女はそれをマッサージした。竿もやっぱり、彼にはわかっていなかったけれど、癒しある触れられ方を求めていたのだった。その夜セミナーが終わると、リオンはピンク・キャットに「僕、いいステーションワゴン持ってるよ」と言った。「あたしを乗せて、どこへ連れてってくれるの?」「海岸へ」。彼らは車に乗り込み、海岸へ向かいながら、「あたしたち/僕たち 錆びないといいけど」と二人とも考えていた。

交尾

Mating

　またあのいつもの気分。エドの乗ったヨットはいまにも港を出て三週間の大洋クルーズが始まろうとしていて、エドは乗っている誰も好きじゃないし自分が誰にも好かれていないことを感じる。船尾の手すりの前に立って、海が陸を呑み込むのを眺めていると、兄のサルがエドの肩に腕を回してきて、「あのさ、初めにさっさと言いたいこと言っちまった方がいいと思うんだ。俺さ、離婚したこと、いまもお前のせいだと思ってんだよ」と言う。「またその話?」。サルは言う――「ジニーにあの家具作りの講座とれって勧めたの、お前なんだぜ。俺はさ、あいつの方が俺より稼ぎが多いことはべつに構わなかったわけだよ、家族の大工役は俺だっていう限りは」。サルは家具作り講座のずっと前からエドの妻とセックスしていたが、エドはその話を蒸し返しはしない。自分がやったことをサルは自覚しているのだし、言ったところで、今まで百ぺんもこのことを話しあったときと同じく、なぜそれが裏切りではなかったかの説明をサルはやり出すに決まっているのだ。エドはいまにもサルに、百ぺん目の説明をしようとしているが――ジニーが彼のところにやって来て、家具作り講座について訊ね、彼はただ、いい講座だよと推薦しただけ――母イルカがヨットの横のターコイズ色の水面のすぐ下で赤ちゃんイルカとじゃれているのを見て気が変わり、代わりに「ほんとにごめんよ、兄貴、あんなことしたら結婚生活のバランスをどれだけ乱すか、考えるべきだったよ」と言う。「おい、あれ」とサルが言って頭上のデッキを指さすと、彼らの若いガールフレンド二人が極小のビキニ姿で鬼ごっこをしていて、ヒゲ面の船長と船員たちが興味を隠そうともせず見入っている。女二人は金切り声を上げ、キャッキャッと笑っている。二人は姉妹である。アルマとアイナ。エドとサルは、一か月前に酒場で二人を引っかけた。彼女たちは攻撃的で、せっかちで、狭量で、強欲で、二枚舌で、ベッドでは最高である――宇宙とほとんど同じくらい古くからの神秘。サルの腕が自分の肩に掛かっているのをエドが好ましく思う時間には限度があり、サルはしばしばその限度を超える。そうすると、エドの胸の内で、なぜ自分は兄の愛を素直に受け入れられないのかをめぐって葛藤が始まる。もっとも、愛と言ったってそれは、現実のエドへの愛じゃなくて、サルの心の中にある、エドの代替物であるところの、ぼやけた、半分エドの形をした標的に向けられた、粗雑な渇望でしかないのだが。で、アルマはすごい。エドとしては、もし彼女と話さなくてよくて、遠くから見る以外、あるいはセックスの最中以外彼女のことを全然見なくてよければいいのだが——まあ終わったあとの十秒間も悪くないか、そのあたりまでは幻滅も戻ってこない。彼に向かって嘘をついているとき、アルマ自身は彼女にとってどんなふうに感じられるのだろう、とエドは考える。あるいは、彼の財布から二百ドル勝手に取るとき。それか、朝食の席でエドが彼女の椅子を引かなかったからと半日拗ねているとき。このシークルーズだって金は全部エドが出したのに。エドは彼女が欲しい——いま。彼女と防御なしのセックスがしたい。彼女と赤ちゃんイルカを作りたい、人間につきもののいろんな邪魔から自由で、澄んだ水の中を高速で泳ぐ赤ちゃんイルカを。イルカなら、最悪の運命といっても、大きな白いサメに貪り食われるだけだ……。

ブレンダの新居

Brenda's New Place

新しいアパートに移って初めての土曜の朝、ブレンダはリサイクルショップで買ったばかりのカウチに座って冷めたピザを食べていた。カウチは薄緑のコーデュロイ地だった。縁飾りや房飾りもついている。あまりに醜いので、醜さの奥の壁まで行ってはね返って飛んできてギリギリ美しさの領域内に達していた。彼女の尻を抱えている沈んだクッションの感触、口の中の冷たいピザ、丸ごと目の前にぼうっと霞んで浮かぶ週末。そうしたもろもろを想うと、彼女が元夫のシェプと自分自身に与えた苦痛にも意味があったように思えた。結婚は一年も続かなかった。彼女は毎日、シェプがいない疼きに苛まれていた。結婚が単に愛だけの問題なら、彼女は死ぬまで結婚生活にとどまっただろう。結婚前に暮らした一年のあいだに、全然それだけじゃないことが、どうして見えなかったのか？　未婚で、家も持たず母親でもなければ、少なくとも依然、自分は特に何者でもないという幻想の下で生きていける。生まれるよりずっと前に捏造されたそういう役割、その中で自分が萎えて死んでいく役割、その後何年もずっと遺体をすっぽり包みつづける役割なんかにいまだ閉じ込められていないと思っていられる。ピザの最後の一切れを口に入れると、ドアベルが鳴った。ブレンダはドアを開けた。弁護士のスコットがネイビーブルーに白いラインの入ったジャージという格好で1DKアパートの玄関先に立っていた。ブレンダと元夫シェプは、二人で家を一軒所有していた。というか、一軒のごく一部を。残りは銀行が所有し、銀行はまた、ブレンダとシェプの今後三十年の目覚めている時間の約四分の一を所有してもいた。年利四・五パーセントでローンを返済するにはそれだけの時間働かないといけないのだ。ブレンダの弁護士スコットは、この取決めから彼女を救い出す算段をしてくれていて、今日もそのための書類を持ってきたのだった。ブレンダは彼を招き入れた。「冷めたピザ、食べます？」「ええ」。彼女はキッチンに行って冷蔵庫を開け、夕食の残りが入ったダンボール箱を取り出した。リビングルームに戻ってくるとスコットが裸で立っていた。「ああ、素敵な人、ごめんなさい、もうあなたとはできないのよ」。一週間半前の、彼らの初めての、唯一の時、スコットは事務所のデスクの上で彼女の上に乗り、そしてブレンダは彼が、自分の取り仕切っている五百件の離婚すべてを己の顔に引き受けていることを見てとった。彼女はその悲しさに感じ入り、それを隠すのにスコットが駆使している自信に感じ入った。数日後、届いた請求書にはメモが添えてあった。「あなたにはいまや友人・家族レートを適用すべきでしょうね」。請求額の一か月合計から四五〇ドルが――一時間分だ――引いてあった。彼女の一時間の性愛行為を、彼の一時間の弁護士業務と金銭的に等価だと考えてくれたわけだ。公正な人だ、とブレンダは思ったが、彼女としてはついこのあいだまで人の妻だったのであり、娼婦にはなりたくなかったのである。ふたたびトラックスーツを着たスコットは、書類鞄から該当の書類を出して、グラグラのコーヒーテーブルの上、手つかずのピザの横に置いていき、首をうなだれ目をそらして出ていった。彼女は追いついていってその頬にキスした。彼は立ち去った。自由になるというのは、やってみると困難で時間もかかる。ブレンダは緑のカウチに歩いていってどさっと顔を下にして倒れ込んだ。クッションから埃の雲が上がって彼女を包み込んだ。

自然

Nature

ロナルドは香料入りの石鹸が大嫌いだった。外に飛び出し、金切り声を上げた。小川のほとりに座って、あごを両手に載せた。家をシェアしている連中は、とにかくすごくいろんな、香料入りの家庭用品を使う。全面的に彼らのせいじゃない——今日び、香料入りの家庭用品の方が、香料なしのよりずっと多いのだ。石鹸、蠟燭、家具磨きでなぜやめる？　香料入りの窓はどうだ、香料入りの電気は？　とロナルドは問いかけた。みんなは彼を無視した。それは彼が家賃を払わなかったからであり、かつ、彼らと知り合いでもなかったからである。五日前、ロナルドがここに住みはじめたとき、彼らはまず、出ていってくれと言った。次に警察を呼んだ。

ロナルドは彼らより若かった。十二歳だった。この家、そして両親の家、そしてあらゆる屋内屋外空間にある商品の香料は、いまや彼にとって一大不協和音に、頭から二センチのところで鳴る無数のチューバになっていた。小川は静かで、香料もなかったが、匂いがないわけではなかった。苔の匂い、去年までは気づいてもいなかったその匂いが、いまや彼の生活の中心だった。小川のほとりの苔の中に、彼は横たわった。苔が彼を包んだ。苔に包まれて死ねたら……。

あと一週間で学校が始まり、そうしたら楽しみも終わるのだ。

ナルキッソスとエコー

Narcissus and Echo

シェリルは高校の裏手の低い煉瓦塀の上に座って、一本の煙草をリアンと分けあっていた。「それで彼がね……何て言うかさ」とリアンが言っていた。「わかるでしょ?」。暖かい春の日の午後遅くだった。リアンは煙草を唇のすぐ前に持ってきたところで言葉を切った。リアンがボーイフレンドの話をするとシェリルは落着かなくなった。煙草を返してほしかった。「彼ね、森を散歩するのが好きでね、君も一緒に来てほしいって言うんだけど、行くとずーっと黙ってるのよ。あたしが何か言って、彼に何か訊いてるときでもさ、何も言わないわけ。すごく悟ってるのか、まるっきりあっち行っちゃってるのか、全然わかんないんだけど、それで目的地に着くと、まあ目的地って言ったってほかと変わらないただの森の中なんだけどとにかく着くと、あたしたち何もしないのよ。そこに座ってるだけ。キスもしないし、何も喫わないし、彼は二人きりなことにつけ込んだりしないし嫌らしいことも言わないし何か彫るとか飲むとか壊すとかもしないわけ」。リアンはやっと一口喫った。「ねえ、どう思う?」「煙草返して」シェリルは言った。シェリルはいつもは静かで、リアンがえんえん喋っているあいだも時おり「ふうん」「ブキミねえ」と返す程度なのでリアンはギョッとして、「何よその言い方」と言う間もなく思わず煙草を渡した。シェリルは煙草を吸い込んだ。煙のすべての分子が口を通り喉を下り肺に入っていくのが感じられ、その分子一つひとつに、いまにも噴き出さんとしているごく微小の神経エネルギーが混じっていた。「ちょっとちょっと」リアンは言った。「あんたまるっきり彼みたいね、いまここにあたしがいないみたい」「うん、その感じわかるよ」とシェリルは、煙を吐き出す快感を味わおうと長い間を置いたあとに言った。リアンの目に涙がたまった。シェリルはいままでこんなふうにふるまったことは一度もない。シェリル本人も怯えていた。と、ボーイフレンドのジョンがやって来た。長い髪、痩せた体、むさくるしくて、ちょっと馬鹿かもしれないしそうじゃないかもしれない。リアンがパッと立ち上がった。「それじゃねシェリル、また」。リアンの話に影響されてシェリルは森へ散歩に行きたくなった。太陽は空の真ん中くらいまで下りていて、肌に当たる空気はぴりっと生々しかった。大半の木は名前も知らなかったけれど今日は別の知り方で木というものがわかった。あたしはいま森を歩いているのでさえない。あたしも木々もあたしの中の煙草もみんな同じものの一部であって、たがいの周りを回ってたがいの中を通り抜けているのだ。太陽はほぼ地平線まで沈み、家からも遠いところにいるシェリルは、彼を——両目に金髪がかかったジョンを——見た。そこを見ればジョンがいることはわかっていた。ジョンは興味がないわけでも無力なわけでもないのだけれど、どう始めたらいいのかわからないのだ。シェリルが彼の方に寄っていくと彼は髪の向こうからシェリルを見て、シェリルは彼にキスした。「駄目、舌は入れないで」シェリルは言った。「いまは駄目。ただキスして。駄目、触るのもやめて」。二人はしばらくキスしていた。それから帰ろうと歩き出した。ジョンは英語の授業で読んでいるギリシャ神話の話をした。「どっちも十代で、ある日別々に森の中をさまよってるんだ。女の子が男の子を見て要するに男の子に恋をするんだけど、女の子は呪いをかけられてて、話を自分からは始められなくて、人に言われたことをくり返すしかないわけ。だから両腕を突き出して男の子の方に歩いていって男の子が『死んだ方がマシさ、君をそばに寄らせるくらいなら』って言って女の子は『君をそばに寄らせる』って言うんだ。で、女の子は拒食症になって死んじゃって男の子は……」。空は暗くシェリルにはもうほとんどジョンが見えない。彼女は話に集中できなかった。お腹が痛かったし、考えていたのだ、ごめんねリアン、ごめんねリアン、ごめんねリアン、ごめんね……。

美しさ

Beauty

みんなでハイキングを始めて小さな木の橋を渡ったとき、エリックが下を向くとそれが見えた。本当に見たのか確信が持てなかったので、友人たちには何も言わなかった。この連中が相手では――みんなまだ十代の、未来の弁護士だ――はっきり現実だとわかることしか話せないと承知していた（まあ有名人女性相手の性的妄想は別か）。それに、現実であっても、阻止されてしまう話題はたくさんあった。たとえば、エリックの悲しみ。彼がそれについて語りはじめると、「『片っぽとファック、片っぽは崖から投げ飛ばす』やろうぜ！　ラナ・バーテル対ジュリエット・ショルティーノ」の叫びにかき消されてしまった。エリックは前にこのゲームを一度やって、やったことを後悔した。四人で山をのぼって行く列の最後を歩く彼は、友人たちから十メートル距離をとった。これだけスペースがあれば、橋の下に見えたとほぼ確信しているものをめぐる思いを、たっぷり空間に広げてみることができる。やがて距離は二十、三十メートルになった。回れ右して、山を下っていった。橋にたどり着いて、その下の岩を這い降りていった。死体はまだそこにあって、顔を下にしてぎこちなく横たわり、黒い髪の頭のかたわらの岩には血の染みが付いていた。エリックの心臓の鼓動が速くなり、胃がむかついた。ほとんど泣くみたいに激しく息をして、死人の肩と腰を摑んで体をひっくり返してみた。それは彼自身だった。エリックだった。彼は死んでいるのだ。自分自身の隣の岩に腰かけて、頭を膝に載せた。誰かの手が肩に触れるのを感じた。友人たちが探しに来たにちがいない。助けてくれるだろうか？　今度は悲しみに浸らせてくれるだろうか？　顔を上げた。彼を見下ろすようにして、金色の髪に明るい日の光を浴びた世界一の美女ジュリエット・ショルティーノが立っていた。『危険な隣人たち』、『悲しい風』、もう何度も観た。どっちもひどい映画だった。彼女が映画にいわば穴を開けていた。二人はたがいを見た。エリックは岩の上、自分の死体のかたわらに座り、ジュリエットは見下ろすように立っている。彼女のうしろの太陽がエリックの目をまともに刺し、苦しみをもたらした。「これって罰なの？　僕はこのままずっと、自分の死体の隣に、太陽に目を焼かれながら座ってないといけないのかな？」「あなた、どこへ行きたいの？」。二人はそのままふわっと冷たい大気の中に浮かび、エリックの友人たちがちょうどいま到着しようとしている岬の上を漂った。友人たちが声を荒げて言い争っているのが聞こえた。エリックはジュリエットに、「ここは僕が行きたかったところじゃない。どうして僕をここへ連れてきたの？」と言った。ジュリエットは肩をすくめた。寒いし、怯えて、混乱したエリックは、それでもジュリエット・ショルティーノの顔にうっとり見とれていた。岬の向こう、眼下一五〇メートルにある小さな橋と、さらにその下にあるエリックの死体を見下ろした。岬での言い争いはますます激しくなっていた。ディックとアイクが摑みあった。ディックがアイクを崖の下に投げ落とした。アイクは悲鳴を上げ、峡谷に横たわるエリックの上に落ちた。ジェブが嫌悪もあらわな顔でディックを見て、飛びかかっていった。二人とも悲鳴を上げながら落下していき、エリックとアイクの上にどさっと落ちた。四人とも死んでいた。ジュリエットは彼のかたわらにいて、生きていて、その顔は、人間の生の歴史におけるあらゆる種類の感情を取り込む器だった。これほどの美しさの、こんなに近くまで来たのはエリックにとって初めてであり、彼はジュリエットと愛しあいたかったがそれはできない。何しろこっちは滅茶苦茶に損なわれた死体なのだから。ジュリエットはものすごく優しい笑顔でエリックを見てくれて、おかげで彼は生き返った。エリックは友人たちの死体を払いのけ、無傷の体で橋まで這い上がっていった。もはやジュリエット・ショルティーノの姿は見えなかったが彼女が自分と共にいるのが感じられた。「君の優しさへのお礼に僕は何をしたらいいだろう?」とエリックは彼女に訊いた。すると彼女は言った。「私、一番好きな男優の共演候補になってるの。ダーネル・アーモンデーロ、私あの人と結婚したいの。私があの役、もらえるように祈ってちょうだい」。背後から忙しない足音が聞こえた。ふり向くと、山道を友人たちがこっちへ走ってくる。「あぁよかった、生きてたか!」彼らは言った。「すごく心配したぞ!」。彼らはエリックをハグした。「二度とあんなふうにいなくなるなよ。俺たちにはお前が必要なんだ。お前のこと愛してるんだ。さあ、このサンドイッチ取っておいてやったぞ」。自分がどれほど腹を空かしているか気づいていなかったエリックは、サンドイッチにかぶりついた。ローストビーフにライ麦パン。美味い。四人の友は肩を組んで橋を渡り、ハイキングコースの出発点の方に戻っていった。峡谷から、死にかけた、体じゅう損なわれたエリックが「助けて! 助けて!」と呼びかけた。だがその声は弱く、誰にも聞こえなかった。

黒いフーディ

Black Hoodie

学年最初の日、わたしはその子を目にとめた。うしろの席に座って、黒いスウェットシャツを着てフードをかぶっていた。顔は見えなかった。フードを外してくれ、とは怖くて頼めなかった。わたしは歴史が大好きだし、自分たちも歴史の一部なんだと高校生に実感させるのも得意だけれど、時にはそれ以外のこと、そして実は教育というのはほとんどがこっちにかかわることなのだが、子供たちの苦しみ、損なわれた希望、彼らの戸惑い、怒りなどがとうていわたしの手には負えなくなる。家に帰って、白ワインをグラスに一杯飲み、二杯、三杯飲んで、自分には教師なんかやる資格はないんだという気分になる。この子は毎日フードをかぶっていた。

たぶんほかの教師たちも、怖くて外してくれとは頼めなかったか、どうでもいいと思ったか、どちらかだったのだろう。学年が始まって二週目の中ごろ、わたしは日が暮れたあとで教室に残って、テストの採点と翌日の授業の予習をやった。早く帰って好きなワインを一杯二杯三杯飲もうと車を走らせていると、道路の真ん中に光の点が二つ浮かんでいるのが見えた。ホタルだと思ったので、ブレーキを踏んだのはぶつかるほんの一秒前だった。そこに立っていたのは彼だった。ホタルと思ったのは彼の両目だった。目がフードに囲まれていて、フードは黒くて夜の闇と区別がつかなかったのだ。車から降りながら、自分が彼の方に引き寄せられるのをわたしは感じた。彼は道の真ん中から動いていなかった。「大丈夫ですよ、ミセス・タウンゼンド」と彼は優しい声で言った。「先生に危害を加えたりはしません」。じきにわたしは助手席に彼を乗せて夜の道を走っていた。街灯の下を通るたび、フードの下に黒い肌がちらっと見えた。「この国では学校の先生って過小評価されてますよね」と彼は言った。「政治家も財界有力者も、教育は大事だって口では言うけど、先生たちを尊敬してないし、先生たちの仕事の大切さに見合うだけの報酬をどうやったら払えるか、誰も考えようとしません。先生にしてもそんなに一生懸命働いて、恋愛する時間もありませんよね。でもだからといって、毎晩あんなに白ワイン飲むのはどうかと思いますよ」。わたしたちは道路をのぼりきった地点に達し、下に広がる谷間は真っ黒でほとんど何も見えなかった。「僕、ここで降ります」と彼は言った。「どうせなら家まで送っていくわよ」とわたしは言った。「いいえ、大丈夫」。彼は車を降り、私も降りた。「フード、外してほしいですか？」。わたしはうなずいた。彼はそれをひん剝くようにうしろに下ろした。闇の中でも見えるようわたしは彼に近づいていった。滑らかな肌、角張った顔、艶のある黒髪、そして、目を見張るほどの美しさ。十七年前、まだわたしも高校生だったとき男の子を中絶しなかったらきっとこんなふうに育っていただろうとよく想像する、まったくそのままの姿だった。彼はわたしの唇にキスした。エロチックなキス、というのとはちょっと違う。と思ったら次の瞬間、わたしは教壇に立っていて、十九世紀西部開拓史の真ん中あたりをやっていた。壁に掛かった大きなアメリカ地図をわたしは指さし、国の真ん中の、かつてはフランスの領土だった大きな黒い部分を指で丸く囲んだ。そしてわたしはゲラゲラ笑っていた。なぜなら彼が、いつものうしろの席に座っていて、髪粉（かみこ）をまぶした白い鬘（かつら）をかぶり赤いチョッキを着て赤い革の膝丈ズボンをはいていたからだ。すなわち彼は、ルイジアナ購入の書類に署名するトマス・ジェファソンだったのである。

あんたの旅行者ドル

Your Tourist Dollars

フィルは寂しかったので、爆撃跡の巨大クレーター見学ツアーに参加することにした。ある朝早くツアーバスに乗り込み、長いこと乗っていた。お喋りしている乗客もいたけれど、フィルのように誰にも話しかけず誰からも話しかけられない者もいた。フィルは隣に座った、彼より少し年上で、落着かず疲れて見える女性に話しかけたかったが、できなかった。フィルのように長いあいだ独りでいると、沈黙の膜組織が周りに出来てしまい、自分だけの力では突き破れないのだ。隣の女性もやはり膜組織が出来ていて、助けてくれようもなかった。正午近くに、砂漠となった場所の只中に着き、一同は縄梯子を伝ってクレーターの底に下りていった。最後の一人が降り立つと、オーケー、とガイドが言い、それで終わりだった。クレーターはいろんな部分に分かれているわけでもないし、どうやってこれが出来たかもみんな知っているし、ツアーらしいツアーは何もないのだ。というわけでフィルは、ただそのへんをぶらぶらし、いつにも増して寂しい気持ちでいた。ある時点で、隣の女性とすれ違い、さりげなく目を合わせようとし、それから、彼女のあとをつけて行った。これにはちゃんと名前がある。クレーター・ロマンス。でも、不気味な奴と思われたくないので、あとをつけるのはやめた。ふたたびただ単に歩いていた。クレーターでは眠気に注意、とフィルはガイドブックで読んでいた。このクレーターには、相当強い睡眠誘発力があるのだ。俺ってまるっきりありがちなクレーター観光客だよな、とフィルは思った。まず誰かに惚れ込んで、それから疲れに襲われるんだから。彼はギザギザの岩の上に横たわり、眠りに落ちた。闇の中で目が覚めた。立ち上がって、声を上げた。答えはなかった。縄梯子があったと思える場所まで戻っていった。梯子はそこになかった。声を上げながら歩き回った。あの人も置き去りにされてたら素敵じゃないか？　と思った。そしたら口を利くしかなくて、こんな寒い夜で砂漠の空気は冷たいからあくまで体を温めるためにセックスするしかなくて、でもそこからもっと展開するはずだ。フィルはマスターベーションをした。これが死者たちを呼び出した。フィルには死者たちが見えなかったが、彼らの立てる音は聞こえた。彼らは絶叫したりはせず、爆弾によって終わった生活をそのまま送っていた。仕事の電話をかけたり、皿を洗ったり、ベッドタイム・ストーリーを読んだり、飲み屋で酔っ払いジョークを飛ばしたり。これはフィルがいままでにやった、一番寂しくないマスターベーションだった。それはマスターベーションとさえ言えなかった。それは愛だった。

だけどコーヒーは美味しい

But the Coffee Is Excellent

道の真ん中に、緑色の液体の大きな水たまりが出来ていた。レスリーは歩道に立って、信号が変わるのを待っていた。暖かい春の太陽がむき出しの脚を照らす。車が一台、水たまりを走り抜けていき、緑の液体がレスリーの脚、手、白いショートパンツ、美しい白いセーターに飛び散った。一滴が唇に飛んでくるのもわかった。ギャッとうしろに跳びのいたが遅かった。残った液体が道のくぼみの中でゆさゆさと揺れ、また別の車のタイヤを待っていた。レスリーが下を向くと、明るい緑の点が両脚、ショートパンツ、柔らかなセーターに浮かんでいるのが見えた。右手袖の、液がかかっていない箇所を用心深く確認し、下唇に持っていって液を拭きとった。唇がひりひりし、脚や手の液がかかったところも同じだった。セーターやパンツにかかった液は染みになって広がってきている。こんな格好じゃ仕事に行けない。そもそもこういう服で仕事に行くのが間違いだったのだが、自分の知性を某上司にくり返し見せつけても何ら望んだ結果が得られないので、春初めての暖かな今日、脚を見せつけることにしたのだった。そしていま、これが得策でなかったことを緑の液体が裏付けた。レスリーは近くのスターバックスに入った。どこへ行ってもスターバックスはかならず近くにある。女子トイレに入って、ペーパータオルを濡らし、まず服に付いた緑の液体を拭き取り、それから肌に付いた滴も拭いた。肌にかかったところには痛々しい赤い点が残っていたし、服の生地は洗っても落ちそうにない染みが深く入り込んでいた。彼女はマクベスなきレイディ・マクベスだった〔夫をそそのかして殺人を犯させたマクベス夫人が発狂してありもしない血の染みを嘆きつづけることへの言及〕。女子トイレ（レイディーズ・ルーム）にいるただのレイディ。彼女が唯一、何度も殺したのは自分自身の魂だ。マクベスに殺されたバンクォーの亡霊のごとく、それは戻ってきた。一日が無茶苦茶になってしまったいま、ラテでも飲んで一息つこうと女子トイレを出たが、スターバックスに教え込まれた捏造言語を使って飲み物を注文しようと並んでいる人の数を見て気が変わった。店を出ようとしたところで、奥のテーブルに座っていた男が彼女に合図を送り、指を下に向けて、自分のテーブルに置いてある二つのラテを指した。どうやら一つは彼女の分らしい。男は彼女のファンタジー（ケープコッド、海辺の長い芝地で過ごす夏……）に出てくる上司などではなく、彼女が勤務する法律事務所が三フロアを占めているガラスの高層ビルの前によく座っている年寄りのホームレスだった。レスリーは父親がアルコール依存症でいまも州立の施設に入っているので、弁護士事務所に勤務するたいていの職員に較べて、世に見放された白髪の男への抵抗感が少なかった。彼女は男と並んで座った。男は醜くて不潔だった。長い髪も長い髭ももじゃもじゃにもつれ、こんな春の日には暖かすぎるウールのブレザーは脂で汚れていた。かすかに糞に似た臭いが鼻を打つのをレスリーは覚悟した。まさにそういう臭いが鼻を打った。氷のように冷たいスターバックスの空気の中で、レスリーはぶるっと震えた。「あんたの脚を覆うもの、何かあげるよ」と男は言って、黒ずんだテニスシューズのかたわらに置いた薄汚いぼろぼろのビニール袋の中に手をつっ込んだ。そしてごわごわで染みのある水色のタオルを取り出し、レスリーの太腿にかけた。液体が撥ねかかった箇所は、いまやどこも水ぶくれが出来ている。自分の前のテーブルの上に置かれた紙のカップに入ったラテを、レスリーは茫然と見た。「飲みなよ、唾入れたりしちゃいないから」。レスリーはカップを唇に持っていき、ぐいっと傾けた。火傷しそうに熱い液体が喉を落ちていく。「ドナルド・マシューソンはあんたを愛しちゃいない」と男は、ガーデンチェアとヨットをめぐる夢に出てくる男の名を挙げた。「あいつはカレン・インゴールドを愛してるんだ」と男は、ブリンマー女子大出の新しい同僚の名を挙げた。「なんでそんなこと知ってるの？」とレスリーは、ラテの刺激で自分の神経がなんとか許容範囲内に落着くのを感じながら訊いた。「一日十時間ビルの前に座って物乞いやってりゃ、そこで働いてる連中のことがいずれわかってくるんだよ」「あなたに打ちあけるってこと？」「見りゃわかるのさ」「あたしがドナルドを愛してるって、見ればわかるってこと？」。そのことを口に出して言ったのは初めてだった。「あんたはあいつを愛しちゃいない。あいつのことを知りもしない」。レスリーはそれなりに美人で、頭もよくて、まずまず感じもよく奇矯なところもない。だから、社会的地位が彼女と同じか、もっと高い男がいままで一人も言い寄ってこないのはなんとも訳のわからない話だった。男は「キスしてくれ」と言った。「え？」「キスしてくれ」と男は言ってくっくっと笑い、茶色い歯を見せた。「そうすれば俺が知ってることすべて、俺の唇を通ってあんたに伝わるんだ、嘘じゃない」。レスリーはもう一口、大企業製のラテを無謀にぐいっと飲み、若々しい唇をすぼめて、目を閉じ、身を乗り出した。男が近づいてくる臭いを感じた。老いた、ひび割れた唇が彼女の唇を吸い上げた。濡れた舌が彼女の口の柔らかい壁を撫でた。彼女の両手両足の、加えて下唇にもひとつ出来た水ぶくれが、どんどん熱くなっていった。これまでこの男に対して為されてきたすべてのこと、この男が為してきたすべてのことが、彼女の口の暗い音のない空間に入ってきて、口蓋を越えて上がっていき、脳味噌一帯に、絵や言葉としてではなく感情として広がっていった。彼女はきゃっと叫んで身を引いた。男は目で、彼女の同僚三人の方を示した——三人とも店内の向こう側から、当惑と恐怖の表情で彼女を見ている。「ふん、あいつら何もしないわよ」とレスリーは言って三人を睨みつけた。「それにあたし、クビになったって三か月は保険証が効くもの。かかりつけ医には何度行ってもタダよ」
「それじゃさっさと行った方がいいぜ。保険が切れる前に、その腫れ物診てもらわないと」

セラピーよりいい

Better Than Therapy

アーヴは孤児院で育って、誰にも愛されず、人生何ひとつ上手く行かなかった。ある日、喧嘩でもやれればと思って酒場に行ったが、なぜか代わりに、たまたま隣の丸椅子に座った男に自分の問題を洗いざらいぶちまけていた。辛い事態から抜け出したいんだったら山の中にあるこれこれの道のてっぺんまで行ってそこに建ってる小屋のドアをノックするといい、と男はアーヴに言った。アーヴはトラックに乗り込み舗装もされていない道をのぼって行き、ドアをノックした。小柄な老人が出てきた。老人は汚くて悪臭がして肌はかさぶたに覆われていた。

「この飲んだくれの阿呆、お前はいまからわしの召使いだ。わしの言うことは何でもやるんだ」と老人は言ってアーヴの髪を乱暴に摑み、不潔な小屋の中に引っぱっていって、床を箒で掃いてブラシでこするよう命じた。それが済むと、シーツ、毛布、シャツ、ズボン、下着をそばの小川で洗って木の枝に干すよう言った。それから今度は夕食を作れと言ったが、アーヴは料理の仕方を知らなかったので老人が一から教えてやらないといけなかった。料理が済むころにはアーヴは腹が減って喉が渇いてくたくたに疲れていた。作ったシチューを二つのボウルに入れたが、老人が食べ終わるまでは食べてはいけないと言われた。それから風呂の湯を沸かすよう言いつけられ、老人を風呂に入れてそのあとかさぶたに軟膏を塗る手順を指示された。それが済むと老人は小屋で唯一の、柔らかい鵞鳥の羽毛のマットレスを敷いたベッドに入り、アーヴには硬い床で眠るように言った。次の日も同じだった。老人はアーヴにあらゆる雑用を言いつけ、アーヴはそれをすべてやった。重労働の見返りとして、老人はアーヴの欠点を一日じゅう、皮肉で辛辣な口調で並べ立てた。それはまさにアーヴのふだんの口調であり、嫌っている人間に対してアーヴが使うたぐいの悪意と憎悪のこもった言葉だった。毎日毎日、同じことのくり返しだった――アーヴは老人に尽くして重労働に明け暮れ、老人は明け方から夕暮れまでアーヴを罵り、侮辱する。アーヴは老人の許を去ろうとは思わなかったし、いままであらゆる年齢の男たちを殴ってきたもののこの老人を殴ろうとは思わなかった。奴隷の暮らしも三年が過ぎたある日、老人が林の中で用を足している最中に、アーヴは小屋の垂木（たるき）で首を吊った。

老人は長い鋭いナイフを持って飛び込んできた。「どっちを切ったらいい、ロープか、お前の首か？」「ロープ！」アーヴはなんとか声を上げた。老人はロープを切ってアーヴを下ろし、その体に両腕を回して、涙声で「頼む、頼むから自殺しないでくれ、わしの心が折れてしまう！」と言った。幸福の涙がアーヴの目からどっと流れ出た。涙を拭くと、目の前に見えたのは老人ではなく、滑らかな肌に引き締まった胸の、映画スターの顔をした若い女性だった。「あなたが欲しい」と女性はアーヴにささやき、彼に向けて両腕を広げた。アーヴは彼女を抱き上げ、老人のベッドに運んでいき、彼女と愛しあい、想像を絶する恍惚を味わった。彼は眠りに落ち、目が覚めると腕の中には老人がいた。二人とも裸で、老人の肌の腫れ物はごしごしこすったみたいに光って湿っていた。「いやー、もう五十年誰もこんなことしてくれなかった。どうやらお前も少しは役に立ったようだな。さあ、さっさと出ていけ」。アーヴは小屋を出て、トラックに乗り込み、幸福感に包まれて山を下っていった。やがて彼は株で大儲けして、孤児に職業教育を施す財団を設立した。立派な女性と結婚し、子供も三人生まれた。妻と子供たちへの愛情は年々深まっていき、良い事業も続けた。物質的な富も精神的な富もアーヴは有難く思ったし、吸う一息一息が有難かった。まあ山での三年間に較べると、若干退屈だと思える時もあったのだけれど。

戦争（I）

War [I]

七月の暑い木曜の午前十一時半、彼は黒いウールのコートを着てアリッサのバーに入ってきた。腰を下ろした彼に、何にするかとアリッサは訊いた。「何を薦める?」と彼は言った。バーにはほかに誰もいない。「お望みの気分次第ね」とアリッサは言った。「クールがいい、メロウがいい?」「メロウ」と彼は言った。「だったらウイスキーにしなよ」。アリッサはウイスキーを注いで、カウンターの反対の端まで行き、もう今日の分は十分刻んであるのだがレモンとライムを刻んだ。一分ばかりして彼が「もう一杯もらえるかな?」と訊いた。彼女は戻ってきて注いでやった。「何でコート着てるの?」「寒いんだ」。二杯目のウイスキーを彼は飲み干した。「外は三十二度だよ」。彼は肩をすくめた。「ウイスキー、美味しいな」と彼は言った。「飲むと気分がよくなる。もう一杯いいかな?」。彼女はもう一杯注いでやった。彼は飲んだ。「俺、人と違うんだ」と彼は切り出したが、そこで気後れしてしまい、カウンターを見下ろした。「ここにはあたしたち二人しかいないよ」と彼女は、身を護ることより好奇心を優先させて言った。「だから、どう違うか言っちゃっても大丈夫だよ」。彼はきっときつい顔でアリッサを見て言った。「言っても君、信じてくれないと思う」。アリッサはため息をついて、立ち去りかけた。すると彼は言った。「俺はね、よその銀河のよその惑星から来たんだ。俺の惑星とその太陽との距離は君たちの惑星と太陽との距離よりずっと近いし、星自体も地球より小さいから、俺は三十二度なんてのより高い温度に慣れてるし、重力もここより弱い重力場に慣れてるんだ」「エイリアンなんだったら、なんで人間みたいに見えるわけ?」「俺たちはね、体の形を変えて環境に溶け込む能力があるんだよ、君らのタコみたいにさ」「で、ここへ何しにきたの?」「新しい情報が必要だから」「どういう情報?」「ここで見つかるものだったら何でも」「ずいぶん漠然としてるのね」「君、お腹空かせたことある?」「うん」「ほんとに、本気でお腹空かせたことだよ?」「うん」「俺の惑星の生物にとってはね、新しい情報がまさにそんな感じなんだ。それがないと死んじゃうんだよ」「で、どうやってここに来たの?」「俺がここにいるのは、俺はここにいるんだって想像してるからだよ」「じゃ何、あたしあんたの夢の中にいるとか、そういうこと?」「いや、俺はほんとにここにいる、だけどここにいるのは、俺はここにいるんだって想像してるからなんだよ。君もそうだよ」「何それ、なんかそのへんのアートスクールのアホみたいじゃん」「いいや、俺はスペースエイリアンだ」「証拠見せてよ」「一緒に外に来なよ」。バーのオーナーであるアリッサの父親は、昨夜のビールを抜こうとまだ二階で眠っている。彼女は外に行った。灼熱の太陽の下、二人で歩道に立った。「感じるかい?」と彼は言った。「感じるって、暑さ?」「いや、暑さの彼方。太陽の彼方、星々の彼方、でもここにもあって、君を囲んでる」「あんた、本気でブッ壊れてんのね。名前、何ていうの?」「マーク」「あんたは何感じてるの、マーク?」「宇宙の中の、ほかのすべての生命」「何それ」「やってみなよ、アリッサ、君にもできるよ」「できるって、何、想像とかしたら、それで存在するってこと?」「うん、読み方覚えるみたいなもんだよ」「どうやるの?」「目をつむって、腕を下にのばして少し外に出して、手のひらを前に向けて、あとはただそれが起きるに任せる」。最初と最後以外は言われたとおりにやった。「どんな感じだい?」「やらないのと変わんない」「練習が要るんだよ」。彼女はそのままそうやって立ったまま言った。「で、どうなの、あたしといて、空腹少しは収まったの?」「え?」「この惑星に来たのは新しい情報が欲しかったからだ、で、それは空腹みたいなものだって言ったでしょ。だから、あたしと話して空腹少しは収まった?」「うん」「どういう情報食べたの?」「これはなかなか言葉にしにくい」「やってみてよ」

「えっとね、君は君だっていうこと」「何よそれ」「真面目な話、君、俺がリアルだっていまひとつ信じてないみたいだし、自分がリアルだってこともいまひとつ信じてない。でも君も、俺も、リアルなんだよ」「わかったわよ、これってもうあたしにはディープすぎるわよ、ミスタ・スペースエイリアンフレンドマーク」「よしわかったアリッサ、じゃこれでどうだ――自分の痛みに耳を澄ますんだ、そうすれば宇宙の中のほかのあらゆる生命とつながれるし、君自身ともつながれる」「そうしたら次は？」「そのまま耳を澄ましつづけるのさ」「アリッサ！」父親がバーの中から呼んだ。暑さのせいで彼女は建物の側面に寄りかからないといけなかった。「そこにいるの、見えるぞ！」と父親がわめいた。「マーク・ザ・スペースマン、助けてくれる？」。マークは言った。「君の惑星の重力は俺の惑星のよりずっと強いから、俺、ここじゃ肉体的には弱いんだ、だからそういうふうには助けてあげられない。そしてあいにく、俺がこの惑星にいられる時間は限られてる。もう故郷の惑星に帰らないといけないんだ」。明るい日ざしの中でマークの姿が薄れていった。「じゃああたし、一人で中に戻らないといけないの、永遠に？」「永遠にじゃないよ、いまだけ」とマークは言った。アリッサが店の入口まで行くと、闇の中に彼がいるのが見えた。伸びたり、縮んだりしている、自分が感じている以上の痛みを他人に与えたいと欲する謎の生物体。「酒、くれよ」と彼は言った。「マーク」アリッサはうしろをふり向いてささやいた。「まだそこにいるの？」「あと一瞬だけ」「あたし、どうしたらいい?」「想像力を使うんだ」「何のために?」「自分は勇敢な戦士で恐ろしい敵を相手に大いなる戦いに携わっているんだと知るために」「あたし怖い」。ふり返ると、もうそこにマークはいなかったけれど彼の声は聞こえた。「君が戦うとき、君は俺たちみんなのために戦っているんだ。俺たちは君とともにいて、君に心から感謝している」

買い物は難しい

Shopping Is Hard

カークと恋人のクローデットは週末、もう一組のカップルとスキーに出かけることになり、ある衣料品店で待ちあわせることにした。けれどそこは、どう見ても衣料品店とは思えなかった。まあたしかに服はあるし、それもけっこういい服なのだが——手触りは柔らかく、柄も綺麗だし、色も品がいい——もうじきクリスマスだというのに、わずかな数しかないのだ。友人のカップルはまだ来ていなくて、クローデットがどこにいるかもカークにはわからなかった。店員が通りかかったので、素直に「ここ、衣料品店ですか?」と訊いてみた。「もちろん!」と相手の男は言った。「いやその、衣料品店っていうだけなんですか、それとも何かほかにもやってるわけ?」「ほかに何やってると思うんです?」。男はニコニコ笑っていて、まるでカークから、あなた宝くじで一千万ドル当たりましたよと言われたみたいな顔をしていた。つき合ってられない。クローデットはどこだ? カークが彼女を探しに行くと、試着室が並ぶそばに、柔らかい椅子が一脚あった。カークはそれに腰かけたが、これ以降、事態は悪い方に向かっていく。彼は椅子から床に移った。脇腹を下にして寝そべると、床と、試着室のドアとのあいだの二十センチのすきまに、何人かの女性の、ストッキングをはいたふくらはぎや足先が見えた。「俺、クローデットじゃなくてこの女たちの誰かと合流しても、全然違いに気づかなかったろうな」。カークは仰向けになって、いくつものシャツ、ズボン、そしてその向こうのまぶしい、レールに連なる照明を見上げた。と、さっきの店員が手を摑んで、引っぱって立たせてくれた。「大丈夫ですか?」「いや、大丈夫じゃない。俺に向かってニコニコするの、やめてくれないか」「ニコニコしてるんじゃないんです、何年も店員やってるせいで顔が凍りついちゃってるんです。悩みがあるのはお客さんだけじゃないんですよ」「ごめん、何がどうなってるのかわかんなくなっちゃってさ。こんな目、遭ったことないんだよ。恋人が、クローデットが、見つからないんだ。なんかもう、何も見えなくて」。と、クローデットが彼の肩をとんとん叩いた。「ベイビー、あたしここにいるわよ」。この女は全然クローデットじゃないかもしれない。友人のジャックとソンドラが来た。「用意はいい、カーク?」と二人は言った。二人ともスキーハットをかぶってゴーグルを額に載せて、まるっきりスキーの広告みたいだ。カークはつっ立って彼らを見た。クローデットが「ベイビー、なるほどそういうことなのね。大丈夫よ、あたしたちとスキーに来ればいいのよ」と言った。彼らは店を出た。日はすでに暮れ、空気はすっかり冷えていた。雪が降りしきっていた。カークは薄いスニーカーに軽いレインコートという格好だった。四人は山の頂に着き、カーク以外の三人はスロープの下に消えていった。カークはスキーを持っていなかったが、下っていった。

買い物は楽しい

Shopping Is Fun

ある朝ロニーは、アパートから出たところでその女を見た。タクシーに乗るときの、女の携帯の持ち方が気に食わなかった。そもそも女は、手を上げて止めもせず、赤信号で停まったタクシーのドアをただ開けて乗り込んだ。まるで、タクシーが必要だ、と自分が考えたからそれが現われた、とでも言わんばかりに。で、携帯を持っているのはきっと、自分の意志の力で、金持ちの友だちだか親戚だかが電話してくるよう仕向ける気なのだろう。これからタクシーでキューカンバー・フェイシャル・トリートメントに行き、それをやりながらのんびりお喋りできるってわけだ。着ているのは白い、もちろん体にぴったり合ったワンピース。次にロニーが女を見たのは、一か月後、アパートから何マイルか離れた、自分の勤め先があるビジネス街でのことだった。今回は、何か言わないわけには行かない。歩道の、女が歩いている前に出た。近づきすぎてはいけない。脅かすつもりはない、ただ単にこの女の一日をほんの少しぐじゃぐじゃにして、それによって宇宙における不均衡を是正するだけだ。「あんた、なんでそんなもん着けてるわけ?」とロニーは、ハーフグラブと言うのか、指を覆いもしない、手首と肘の真ん中あたりで終わる黒いレースの代物を指さして言った。「暖かいから、なんて言ったって駄目だぜ。今日は全然寒くなんかないからね。そんなもん、馬鹿げてるし、気取ってる。何なんだ、ファッションを使った自己主張か?」。そこまで言うつもりはなかったのだが、相手がずっとそこに立ったまま、穏やかな目でこっちを見ているものだから、目的を遂げるにはとにかく喋りつづけるしかないと思ったのである。「どうやらこれ、ファッションによる挑発らしいわ」と女は言った。「ファッションに関する問いを触発するらしいのよ。昨日買ったの。いま着けるのに暖かすぎるのはわかってるんだけど、ちょっとは面白いこともなくちゃねえ」。まだ勝ち目はあるぞ、とロニーは思った。「で、どうしてそんなふうに携帯、手のひらから生えたキノコみたいに持ち歩いてんだよ?」「それがね、母親が死にかけてるんで、ホスピスに頼んだのよ、終わりが見えてきたら電話してくれって。私としても看取るのに間に合いたいし、母にも自分が愛されてるんだって思いながら旅立ってほしいから」「お母さん、金持ちなのかい?」。たったいま自分がそんなことを訊いたなんて、信じられなかった――いくら何でも言い過ぎだ。「お金持ちだったらねえ、母さんだっていいだろうし私も助かるんだけど」と女は言い、相変わらず愛想のいい目でロニーを見ていた。「お金持ちだったら、母さんもあんな辛い人生送らずに済んだろうし、私だって、いちいち言葉の暴力受けながら慰謝料受けとったりせずに済む。もちろん私に必要なのは、経済的に自立すること。私どうも、年上の金持ちの男と深い仲になったものの結局そんなにいい人じゃなかった、のくり返しなのよね。目下、そのへんを変えようとしてるんだけど」「参ったな」とロニーは、胃がむかつくのを感じながら言った。「俺もあんたの元夫みたいなもんだよ、まあ全然金持ちなんかじゃないけど」「あなたは全然違うわ。ずっと若いし。それにすごく寂しい人だし」「どうして俺に優しいわけ?」「どうしてかしらねえ、私ってこういうことよくやるのよ、なかなか面白い状況になったりするのよ、ひょっとしてこういうのも変えた方がいいかしらね」「いやいや、これってものすごく元気になるよ!」。涙がロニーの目に浮かんだ。女は言った。「あのね、あなたが住んでるあたりで何度か見かけたのよ、で、あなた、いまもひどい格好してるけど、毎回かならずひどい格好してるわよね。いますぐ、服を買いに連れてってあげてもいいかしら?」「昼休み、一時間しかないんだよ」「電話して一時間半までのばせる?」「わかった」。女は腕をロニーの腕に回し、一瞬これも気に食わなかった――腕を回してほしい、とロニーが思っているのをわかっているみたいなしぐさじゃないか。実際、回してほしかったのだが。今日一日をぐじゃぐじゃにされたのはロニーの方だ。何しろ、自分にはきっと理解不能にちがいないどこかのブティックに向かって二人で腕を組んで歩いて行きながら、ロニーは死にゆくときこの女に愛されたいと思い、生きているあいだも愛されたいと思ってしまったのである。

五年後はどこにいると思う？

Where Do You See Yourself in Five Years?

「物質的利益。啓発される出会い。満足感。幸福感。喜び」。ダンの「どうしてこの仕事に就きたいのか？」という問いに、若い女はそう答えたのだった。スーパーマーケットで知らない人間に寄っていって、サラダドレッシングの好みを訊く仕事である。これはとても雇えない。見た目、最悪だ。髪は自分でズタズタに切ってあって、それを花か、五十歳の男が乗るスポーツカーでしか見たことのないたぐいの赤に染めている。ピンク色のプラスチックの子供用サングラスをかけているが、レンズは外してある。白痴的と言うしかない。まあこの年ごろの人間にはこういうのがいっぱいいるが。昼休みにダンは公園のベンチに座ってボローニャサンドを食べていた。太る前からはいていているグレーのスラックスに心地悪い思いをしながら、この女性、デラ＝アン・ウォレンクのことを考えた。その彼女がいま、こっちへ歩いてくる——手を振り、ニコニコ笑っていて、動きが大きすぎる、エネルギーがありすぎる。こんなに幸福な人間なんていない、ましてやこの女が幸福だなんて、ダンには見ればわかるのだ、真実が人々から炎のように飛び出してくる、パーソナリティなんていう薄っぺらな偽装では隠しようがない。「ミスター・クラズナハル！　すごい偶然ね！　ハイタッチ！」。彼は渋々ハイタッチを返した。彼女は座った。「私、採用されました？」「まだ決めてない」「ええ、よくわかります。あ、ボローニャサンド、死ぬほど食べたいけど分けてくれたりしないでね！　ボローニャソーセージ一口分を作るのに使われる石油燃料って、ガソリン漏れのある巨大なＳＵＶで百マイル走るくらいなのよね。あ、アオカケス！　春って素敵じゃないですか？　散歩行きません？」「仕事に戻らないと」「いつ？」「二時半」「まだ一時四十分ですよ、行きましょうよ（カム・オン）」。最後の「オン」は怒ったみたいな口調であり、ベンチに座ったダンの方に女はますます近づいてくる。脅（おど）されるのは嫌だった。小さいころからずっと、人生ただでさえ脅しはいっぱいあったのだ。「わかったわかった、行くから黙れ！」とダンは言った。「ほほほほほ！」まるでダンが何か卑猥なことを言ったみたいな声だ。二人とも立ち上がった。二人はだいたい同じ身長、体重だった。女はダンの腕を取った。たっぷり振りかけた安物の香水の匂いが鼻孔をひりひり刺した。

ダンは女の気持ちを読もうとしたができなかった。女が何を感じているのか、いま何が起きているのか、全然わからない。女は自分は何を感じているのか、いま何が起きているのか、全然わからない。「日なたは歩けない。強い抗生物質飲んでるから」「わかったわ、じゃ暗いところへ」。女はダンを茂みと石壁のあいだの狭い場所に連れていった。すごく狭くて、ほとんど場所とも言えない。格子状の金属がひとつ、地面に埋め込まれていた。女はそれを持ち上げ、いままで隠れていた穴の中に降りていった。「ついて来て」。垂直の石のトンネルの側面についた金属の梯子を女は下っていく。ダンもあとについて行った。十分後、梯子は終わり、女は真っ暗闇の中を飛び降りて湿った地面に降り立ち、ダンもそれに倣った。女は懐中電灯を点けて、さらに十分、長い水平のトンネルを歩いていった。泥がダンの仕事用の靴の中にしみ込んできた。トンネルが終わって巨大な洞穴が現われ、その隅に、木切れを集めて作った小さな掘立て小屋があった。「これ何?」ダンは訊いた。「あたしの家(うち)。来なさいよ!」。最初のころに見せていた、何ともつながっていない浮かれた感じが戻ってきている。二人はそのひどく小さな空間に入っていった。床にスノコが敷いてあって手作りの粗雑な机があってそして——「ちょっと、それあたしの仕事椅子よ!」「ごめん、すごく座り心地がよくて」。女が懐中電灯を切ってデスクランプを点けると一気に明るくなった。壁はどこも無数の色織物や紙切れに覆われ、ごてごてと模様が出来ていておたがい派手にぶつかり合っている。ある映画で観た壁紙をダンは思い出した。映画には歌う金髪のフランス人女優が出演していて、彼女の洗練ぶりと繊細な目鼻立ちにダンは何か月も焦がれたものだった。あの女優とこの洞穴居住者が同じ種に属すのだと思いあたってダンはショックを受けた。二人とも肉体の気まぐれに振り回され、男たちの理不尽な嗜好にさらされる。「よくこんなところに住めるな」「サラダドレッシングの仕事下さい、そしたら引越すから」「あの仕事じゃここから出るのは無理だ、給料ものすごく安いから。君そのために僕をここへ連れてきたのか、君を雇うべきだって思わせるために？」「違うわ」「じゃあなぜ？　僕とセックスするため？　僕を殺すため？」「違う」。彼女はうつむいて、ぎくしゃくと後ずさり、仕事椅子に倒れ込んだ。依然としてわが家の床たる泥の地面を見ている。二人は黙っていた。と、彼女が小声で、「あなたならわかってくれると思ったのよ、でも甘かった。それに、セックスだって？　勘弁してよ。あたし、あなたの娘でもおかしくない歳なのよ」と言った。何週間ぶりかでダンは自分の娘のことを考えた。彼が高校で妊娠させた女の子は、その娘を産んだ翌日、娘を連れて町から出ていったのだ。二人を探そうと思うくらいダンに人間らしさが身についたころには、二人はどこにもいなくなっていた。「こっちへおいで」ダンは言った。彼女は動かず、顔も上げなかった。「頼むよ」とダンは言って、彼女を抱擁しようと両腕を広げた。彼女はチラッと顔を上げ、また下に戻し、座ったまま動かなかった。長い時間が過ぎた。ダンの両腕が重くなったが彼はそれを下ろさなかった。とうとうダンは言った。彼女の名前を言った。彼女はゆっくり立ち上がって、ダンの方に、目はそらしたまま歩いてきた。彼女がダンの肩に顔を埋めるとともにダンは両腕で彼女を包み込んだ。「おめでとう、君は採用された」と彼は言った。

休職中

Between Jobs

マヨ、マスタード、チーズ、レタス、ターキー、ベーコン、ライブレッド、ホールウィート、パンパーニッケル、カイザーロール、ライ……これだけの情報全部頭に入れて、サンドイッチごとに整理してキッチンに伝える。そんなのできるわけない、とコニーは思った。テーブルでウェイトレスが注文を書きとるのを許さないなんて、敵の戦闘員から有用な情報を引き出すために水責めにするのといい勝負だ。キッチンとレストラン本体とを仕切る窓に、コニーはたどり着いた。キッチンの側から、コックがじっと彼女を見ている。コニーは挑むように見返した。うしろで進行している十四の会話が、耳の中にじわじわたまってくる。コックはやれやれというように天を仰ぎ、レンジに目を戻した。気持ちの支えになってくれればと、ぴかぴかの紫の制服にコニーは目を落としたが、色にも生地にも吐き気を覚えただけだった。「わかったわよ」と彼女は、辞めたあと、風の吹き荒れる晩秋の街なかに出て言った。「レストランの仕事、あたしには向いてない。あとは何がある?」「戻ればいいのよ。あたしは戻るわよ、手術が済んだらすぐ」紺の制服を着た若い女がそう言いながら、明るいオレンジ色の紙切れに何か書いて、駐車した車のワイパーにはさんだ。コニーは「レストランに戻るってこと?」と訊いた。「違うわよ、馬鹿ね、軍に戻るのよ」「どうしてわかるのよ、あたしが軍にいたって?」「そうねえ、あんたは二十八くらいで、安給料の仕事をたったいま辞めたところで、それってたぶん初めてじゃなくて、まともなコートもなしに通りに立って、ブツブツ独り言言って、爆弾が頭のすぐそばで爆発したみたいな顔して」「あんたの手術って?」「腰。ハンヴィー〔※高機動多用途装輪車両〕が大破して」「ちゃんと歩いてるみたいに見えるけど」「そりゃあ、あたしが海兵隊員だからよ」「あたし陸軍」コニーは言った。「けどどうせ戻るなら空軍に限るわよ。設備がいいもの」。海兵隊員の駐車監視員は、フンと鼻で笑った。「で、何」コニーは言った。「戻ってデスクワークやろうっての?」「そうよ」「で、戦場に行ったこともないくせに軍服に袖章がいっぱいついてるからってあんたより物がわかってるつもりの連中にアゴで使われるわけ?」「交通巡査にアゴで使われるよりマシよ。戻れば少なくとも、自分の国に仕えてるんだって思えるもの」「あんたいまだって国に仕えてるのよ」「車移動させるの忘れたどっかのアホとっちめることが？　そんなのどこが名誉よ？」「結局ＷＭＤ〔※大量破壊兵器〕なんか持ってなかった十万人のアホとっちめるのだってどこが名誉よ？」。コニーの顔をぶん殴るか殴らないか、海兵隊員が決めようとしているのがわかった。幸いこの女性は、コニーと違い、名誉なき仕事でも大切にする人物のようだった。「じゃね」と駐車監視員は言って、次の車に移っていった。オートバイが轟音とともに通りを疾走してきて、コニーは歩道に飛びのいた。腹ばいになって横たわりながら、任務を終えて戻ってきた歩兵大隊に訓示を垂れた大佐の姿をコニーは思い出していた。こういう事態が生じる可能性を、大佐は警告したのだった。右手を胸の左側に持ち上げ、肋骨をバシバシ立てつづけに叩いて、激しく脈打つ心臓を大佐はマイムしてみせた。マルセル・マルソーでもあるまいに、無言で伝えている――「ヘイ、それはつまり君の体が、戦闘地域から帰ってきたあと正常に機能してるってことだよ。君がノーマルだってことさ！」。コニーは立ち上がり、いまの爆音に海兵隊員はどう対処したかと、あたりを見てみた。どこにもいなかった。レストランから、建物いくつか下ったところに酒場がある。いや、今日は酒はよそう。いまは午後二時。母親は六時まで仕事だから、しばらくは家を独占できる。ベッドに横になって、大佐から教わった呼吸のエクササイズをやろう。ベッドだって安全じゃないけど、まあそれなりに快適ではあるのだ。

フェリシアン・ロップス

Félicien Rops

太陽がブラッドの腹に照りつけた。じっと横になって暖かい芝生に埋もれていると嘔吐にも襲われないとわかった。胃ガンで化学療法を受けていて、嘔吐が病気のせいなのか療法のせいなのかもわからなかった。妻と父親は美術館に二十世紀初期フランス・ドローイング展を見に行った。人間の顔をした毛むくじゃらの蜘蛛、キャンディのステッキを摑んだ裸の小さな女の子、誰かの平和なリビングルーム、それらがごっちゃに三十点並んでいる。そんなの彼抜きで行ってくれていい。ブラッドの父親ハロルドは、息子と十八しか歳が違わず、健康も申し分なかった。態勢を立て直すまで、ということでブラッドとミシェルの家に同居しているが、過去三十五年を見る限り、立て直しはおよそありえなさそうだった。ブラッドは勤務先の法律事務所から傷病手当をもらっているが、それもいつまで続くことか。ミシェルはブラッドより十歳上で、同じ事務所の共同経営者だった。ブラッドの雇用に関して事務所で行なわれる話し合いにも彼女は参加を控えねばならなかった。彼女はまた、ブラッドのケアに手を貸すことも、そもそも彼に触れることすらおおむね控えていた。家に貢献しなくなったら、あるいはキャリアの野心を持たなくなったらミシェルは自分を愛さなくなってしまうのでは、とブラッドは怯えていた。とはいえ、胃ガンのことを想えば、金だのキャリアだのは些末な話に思えた。父ハロルドには野心もなく金もほとんどなかったが、フランス美術への興味をミシェルと共有していたし、ミシェルを笑わせる才はあった。ブラッドは全然人を笑わせない。ひたすら一生懸命働くのだ――というかかつてはそうだった。日の光が顔、首、胸、腕に当たり、一九四〇年五月のダンケルクと化した腹にも当たって気持ちがよかった。と、何かが日の光を遮った。ブラッドは目を開けた。影になったミシェルの顔が上から見下ろしていた。彼女はブラッドの隣に横たわり、片手をそっと彼の胸に当て、ゆっくりと下ろしていって、ガンが破壊した器官のすぐ上で止めた。「ドローイング、怖かった」とミシェルは言った。「美術館のトイレでパニックに襲われたの。どうしたのかハロルドもなんとなくわかったと思うんだけど、あの人ああいう人だから、人がピンチになっても自分が楽しむのはやめないのよね。それであたし、あなたのいるところに戻らなくちゃいけないってわかったのよ。あたしすごく怖いのよ、あたしから離れないで」。自分でも気づかずに、彼女はブラッドの腹をぎゅっと摑んだ。ブラッドはぎゃっと叫んだ。「ごめんなさい！」彼女は言った。ブラッドは「僕はたぶんあとひと月で死ぬよ」と言った。「そんな——！」。ミシェルは立ち上がって車の方に歩いていった。止まった。彼女の中で大きな戦いが進行していた。彼女はブラッドのところへ戻ってきて、隣に横たわった。「あたしやるわ、できるのよ、やりたいのよ、仕事を休むわ、あなたが死ぬまであなたの世話をする——させてくれる？」「ああ、それで君のボートが浮かぶんだったら何だっていいよ」「それってジョークなの、ブラドリー？」「どうかなあ、そうだった？」「あたし、いまここであなたと愛しあう」「それってジョーク？」「違う」「ここの、家の前の庭でやるわけ？」「結婚式の夜に言ったじゃない、それがあなたのファンタジーだって」「そしたら君、目を丸くして呆れてたじゃないか」「時は変わったのよ」。ミシェルは彼の上に這い上がって、そこにただ横たわった。二人は眠りに落ちた。日が暮れてから帰ってきたハロルドは、家の前の芝生で義理の娘が息子の上で横になっているのを見て、中に入り、ポルノを観た。二人が家にいるときは、なかなかそういうこともできないのだ。

来年こそは

We'll Get 'Em Next Year

ミックにとって、上手にプレーされるバスケットボールの試合ほど、この人生において深遠で美しいものはなかった。が、自分は近視でのろまで不器用ですぐ息が切れて一六二センチしかないので、十全に可能性が実現された崇高なバスケットの試合に自らも参加しうる唯一の道は、プロチームのパフォーマンスに賭けを張ることだった。そうして初めて、試合の一瞬一瞬とその結果に対する没入の度合いが、実際のプレーヤーのそれに近づきうるのだ。こうした深い没入ゆえに、何か通じるところがあって絆を感じるチームに彼は賭けることになった。とりわけ、イースタン・カンファレンスの、どのチームよりも熱くプレーするチームにミックはくり返し賭けた。目下、ノミ屋への借金は、所有している、あるいはじきに所有しそうな金額の二百倍を超えていた。二ベッドルームのランチハウスから、安モーテルの部屋に——一時的に、と思いたかったが——移ったのも、ひとつには、ノミ屋がかけてきて家の電話が鳴るのを聞くのが嫌だからだった。ミックは概念よりも五感を通して生きる人間だったのである。そのモーテルの部屋の、ダブルベッドの歪んだマットレスの上にいま彼は寝転がり、天井と睨めっこしている。この冬の午後、凍てつく空気が、歪なドアの下から吹き込んできた。ポリエステルの毛布を肩に巻きつけると、目覚まし時計が鳴った。贔屓のチームと、そのもっとも手強い敵との試合が始まる合図だ。観戦しようとテレビを点けると、ドアを鋭くノックする音がした。試合開始に備えて、ミックはベッドの足側に座った。敵チームが最初のスコアを決めると同時に、またも、もっと鋭いノックの音がした。ミックはドアの前に行き、覗き穴から見てみた。寒い外に立っているのは、ユリだった。やたら図体のでかい、ノミ屋の下っ端である。ミックはドアを開け、ユリを中に招き入れた。「試合、始まったとこだよ」。ユリはチラッとテレビを見て、眉をひそめた。「そんなの観てちゃ駄目だろ」「賭けちゃいないよ」「それはわかってる。今日は、少しは払えるのか?」「七十ドル」「七十ドルってあんたの借金の一パーセント以下だぜ。最低十パーセントは要るってボスが言ってる」「そんなの持ってないよ、ユリ」。ユリは眉をひそめて、もう一度テレビの方を見た。こうしてミックと共に過ごす原因となったスポーツが、激烈に、かつ優美にプレーされていた。ミックが「まあ座って少し一緒に観ようぜ」と言った。ユリは肩をすくめ、部屋にある唯一の椅子の方に歩いていき、相当な巨体をそこに下ろした。ミックはふたたびベッドに腰かけ、実は二人とも大好きなゲームを彼らは観戦した。ミックが「あんた、自分でやったことある?」と訊いた。「あるけど俺、指何本も折ったから、ボールが上手く扱えなくて。今日も俺、あんたを痛い目に遭わせなくちゃいけないんだ」。ミックのチームのガードが、もう一人のガードにバウンドパスを送った。相手チームの、動きが速く腕も長いフォワードがインターセプトして、ドリブルでゴール下まで行き、楽々レイアップを決めた。さっきのパスは、美しいパスだった。結果はそうでなくても、少なくとも意図において。

なんでこんないい奴が、こんなことになるのか。町じゅうで、アンドルーといえば、人の食費まで出してくれる男、人の犬のウンコを始末してくれる人間として通っていた。それがある夜、酒場で、ジャックがアンドルーに酒をおごりはじめた。ジャックがトイレに立った隙（すき）に、アンドルーのことが大好きなバーテンが——誰だってみんなアンドルーが好きなのだ——悪いこと言わないから、ありがとう、お休み、それじゃ、ってジャックに言ってさっさと帰るのが身のためだよ、とアンドルーに忠告した。ところがアンドルーは、トイレに立つ直前のジャックに素敵な言葉で顔を褒められていて、もう四か月もセックスをしていなかったし、まだ三十二歳だったから、バーテンの忠告を無視した。二人でジャックのアパートに行って、その晩変なことはなかったし、翌朝も、その後十日ばかりの朝も晩もやっぱりなかった。だけどこのアパート、少し掃除してもいいかも、とアンドルーは思ったので、出会ってから二週間後の土曜日、ジャックが何かの用事で出かけたとき、アパートを箒で掃き、掃除機をかけ、埃を拭い、汚れを落とし、新聞を整理し、洗濯を何回かやって、棚に並んだ五十冊ばかりの本もアルファベット順に整理した。帰ってきたジャックは、アンドルーがやったことを見ると、胸をぎゅっと、心臓発作でも起こしたみたいに摑んだ。そしてよたよたと、もはや新聞に覆われていないカウチの方に行き、仰向けに倒れ込んだ。「お前、何やったんだ?」とジャックは言った。「いや、ただちょっと――」「うるせえ! 黙れ!」。ジャックは立ち上がってアンドルーに襲いかかった。そして側頭部に、それほど強くないパンチを浴びせたが、アンドルーは二十代のときに習った合気道の技を使って、ジャックを軽々と冷蔵庫に突きとばした。ここが分かれ目だ、とアンドルーは思った。ジャックは狂ったように壁をばたばた蹴りはじめた。三度強く蹴ると、壁に穴が開き、なおも蹴ると穴はどんどん大きくなっていった。アンドルーは怖くなって、じわじわドアの方に寄っていった。ジャックがもう一蹴り、狂ったキックを決めると、壁の中の何かが壊れて、何百匹というゴキブリがジャックの足下の床に降りてきた。ジャックは蹴るのをやめた。ゼイゼイ喘ぎながらそこに立って、足下で狂おしく動いている、びっしり床を覆いつくしたゴキブリたちを好奇の目で見下ろした。彼らはジャックの靴に這い上がり、ズボンの中にのぼって行った。ジャックはアンドルーの方を向いてニッコリ笑った。そして両のこぶしを頭上に上げた。「うぉぉぉぉぉぉぉぉぉぉぉぉぉ！」とジャックは叫んだ。「俺はゴキブリの王様だ！」「すげぇ」とアンドルーは息を呑んで呟いた。「僕、こいつのこと愛してるかも」

一時的棚上げ

Temporarily Sidelined

母親のバイクのうしろに乗るなんてパティが馬鹿だったのだ。右腕が、宿題をする方の腕が、三か所折れた。母親のテリーも打撲傷を負っていて、病院の準個室でパティの隣のベッドに横たわった母は夜中にうめき声を上げた。二年前、十歳のときに、パティは自分で自分の母親になるんだと決め、と同時に、テリーの母親役もやめようと決めた。テリーの母親でいると、テリーの間違ったところをすべて直そうとしないといけなくて、そうすると挫折と怒りが生じるばかりで、パティの人生の目標は、これも十歳のときに決めたのだが、愛する人になることだった。愛する人になるのは大変だった。骨が折れていて宿題もできないと愛する人になるのは大変だった。けれど愛する人になるのが大変なときというのは、愛する人になることが一番必要なときだった。たとえば、いまみたいに、午前五時、母親のうめき声に起こされて、腕を誰かに小型トラックで轢かれたみたいな感じがするとき――本当に腕を轢かれたのだ、マーティという、やはり打撲傷を負っていて、いまテリーのベッドでテリーの上に乗って上下に動いている男に。パティは折れてない方の腕に付けられた点滴を外し、こっそりトイレに行った。備え付けのプラスチックの水差しに冷たい水を入れた。そうしてテリーのベッドまで行って、水の半分をマーティの首のうしろにぶちまけた。マーティはそれまでやっていたことをやめて部屋から出ていった。テリーはパティをじっと見てパティもテリーをじっと見た。パティは冷たい水の残り半分を母親の顔にぶちまけた。母親が彼女を罵る言葉をギャアギャアわめき出すと、パティは廊下を下って、港を見渡す大きな窓までゆるゆる早朝散歩に行くことにした。行ってみるとトロール漁船が一隻見えた。乗っている男はおそらくもう一時間半前くらいから起きているだろう。腕が治ったら、埠頭に行ってあの人の船に雇ってもらおう。あんなふうによく働く人はいいと彼女は思った。

おめでとうございます、男の子ですよ！

Congratulations, It's a Boy!

アルヴィンは電話で息子のラスと話していた。「で、上手くやってるか？」とアルヴィンは訊いた。「それが、あんまり」「どうして？」「母さんがいまひとつ冷たかったし、母さんのボーイフレンドもみんなそうで。特に一人は」。アルヴィンは三十四歳でラスは十七歳だった。二人が口を利くのはこれが初めてだった。つい一分前まで、アルヴィンはラスが存在することも知らなかったのだ。いまは夜で、アルヴィンは郊外の小さな自宅の寝室に立っている。オートバイ事故のささやかな補償金で暮らしていて、時おり職にも就いたが長続きしなかった。ラスに金をねだられないといいが、とアルヴィンは思った。「どういう意味だ、いまひとつ冷たかったって?」「殴るんだ」「何で?」「いろんな物で。ベルトとか、げんこつとか、本とか」「本?」「そいつ、本好きなんだ」「お前も本好きなのか?」「僕はむしろ行動派だね」「俺もだよ。しょっちゅう殴られたのか?」「週に一、二度」「俺も同じくらい殴られたよ、物は違うけど、げんこつはあったな」「誰に?」「俺の親爺に」「もし一緒にいたらさ、やっぱり僕のこと殴ったと思う?」「どうかなあ、俺も喧嘩はけっこうやったけどさ。お前、何で電話してきたんだ?」「わかんない」「金が要るのか?」「くれるの?」「それで電話してきたのか?」「もう切るよ」「待てよ!」「なんで?」「なんでかなあ。そいつ、いまでもお前のこと殴るのか?」「殴り返したら殴らなくなった」「お前いまどこにいるんだ?」「おたくの家の外」。アルヴィンは廊下を歩いて玄関まで行って、ドアを開けた。息子の顔を見て、膝が震えた。冷蔵庫にはビールとスープとパンがある。どこかの時点で喧嘩になるものとアルヴィンは覚悟し、一度で済むといいがと思った。体格はだいたいたい互角のようだった。

都市

The City

土曜日の朝、ケイティの父親は彼女を車で、クロスカントリーの競技会に連れていった。父親は機嫌が悪かった。父は薬を飲んだが、何錠、何のために飲むのか、ケイティにはわからなかった。父はいつも薬を隠していて、飲むところを彼女は一度も見たことがないのだ。時には飲むと機嫌がよくなり、時にはもっと悪くなり、時にはどっちにもならなかったが、父の中に薬の存在をケイティは感じとれたし、薬をやめている時期には、薬の不在が感じられた。二人は競技会場に着いた。三つの高校のチームが、ケイティのホームコースで五キロを走る。彼女はチームメートを何人かハグし、あとのメンバーにはハイと言った。彼女は速いので誰からも崇められていて、彼女もみんなが嫌いじゃなかったけれど、週末に一緒に酔っ払うのは嫌だったし、あとこれもよくあったのだが、壁沿いに並んで座り込んで男子たちが酔っ払うのを眺めるのも嫌だった。ドイツ、ノルウェー、フィンランド、南アフリカなどからの交換留学生がいて、知らない刺激的な音楽、本、言葉、考え方を教えてもらえるのでケイティは彼らと仲よくした。彼らはそのうちに自分の国へ帰っていく。全三チームの女子とともにケイティはスタートラインに立ち、よそのチームのコーチが号砲を鳴らした。最初の四百メートルは野原を横切り、それからレースの大半は森に入って、長い、輪を描くルートを走り、最後はまた野原を横切って戻る。森まで来たころには、はじめ飛ばしていた女の子たちは真ん中あたりまで後退し、二位争いをしている三人はケイティの十メートルばかりうしろにいた。ケイティはピッチを上げ、このあたりでいつも出すスピードより速く走った。呼吸をチェックし、姿勢、ストライド、腕の振りもチェックした。肩の力を抜いた。孤独を味わう機会が彼女にはたくさんあった。レースの孤独がまずあり、自分の部屋の孤独もあるし、父親が遅くまで仕事していたり寝ていたり不可解にも出かけていたりするときに料理を作る孤独というのもあった。なかばぼやけて見える緑の木々のかたわらを駆け抜け、二位集団との距離は三十五メートル、三十六、三十八、四十一。カーブを曲がると、うしろの走者たちからは彼女の姿が見えなくなった。道が二叉に分かれていた。右側がレース最後の千メートル。左側は鉄道の線路だった。ケイティは左へ行き、じきに、都市へ向かう、町と町のあいだの小さな駅で停まるためにスピードを落としている通勤列車の横を走っていた。彼女はプラットホームに跳び乗った。列車が停まってドアが開くと、最後の車両の最後のドアから乗り込んだ。友だちのユルゲンが、ドアのすぐ内側で、小さな旅行鞄を持って待っていた。鞄の中には若干の着替え、洗面具、そしてケイティの財布が入っている。財布にはベビーシッターをやって貯めた現金五百ドルと、父親が疚しい気持ちに駆られて作ってくれた、使用限度額一万ドルのクレジットカードが入っている。ユルゲンが彼女をハグし、バッグを渡してくれて、電車を降りた。彼も一緒に来るわけには行かない。ホストファミリーのリーボヴィッチ一家が心配するだろうから。ほとんど誰もいない車両の、誰もいない席にケイティが腰を下ろすとともに、列車は小さな駅から出ていった。一週間ばかり都会の暮らしを試して、それからひとまず家に帰るつもりだった。父親のメルは、森から先頭のランナーたちが出てきて、その姿が焦点を結び、自分の方に向かって野原を疾走してくるのを見守った。ケイティのチームメート二人が戸惑いつつも、別の学校の女の子一人と熾烈な首位争いをくり広げていた。自分の娘が首位でないのを見て、メルは落胆していた。

戦争（II）

War [II]

名医ドクター・ゴンズはそれまで何度か若きハロルドと話したことがあったが、ハロルドが自分の娘と結婚する意志を表明したいま、より長い会見が必要となり、ある日の午後オフィスに来るようゴンズは若者を招いた。「先生の患者になった気分ですよ」ハロルドは緊張気味に笑いながら、ゴンズとは巨大な木の机で隔てられた革の椅子に腰を下ろした。「そんなことはないさ」ゴンズはニコニコ笑って言った。「対等な人間同士の会話だと考えたまえ。あの自然と文化の生んだ驚異たるエルサの幸福と安寧に対する関心を共有する、二人の大人同士の」。こう言われてハロルドもリラックスし、こう答えた。「とにかく僕はかなり単純な人間でして、精神は安定していて、まだ三十二ですが投資銀行家としてはトップクラスです。そしてエルサは本当に優しくて愛情豊かで知的で美しくて、彼女の名前を誰かが口にしただけで僕の鼓動は速まるんです」。相手の性格を見定めようとするときいつもやるように、ゴンズは会話の話題を夢に持っていった。「それがですね、昨日の夜、最高に変なのを見たんですよ！」とハロルドは言った。「僕は探検家で、ジャングルの只中で大きな塔に行きあたるんです。中に入ってみました。蜘蛛の巣が鼻や口に飛び込んできて、鼠たちが足の上を駆け抜けていきました。上から妙な音が聞こえて、僕は階段をのぼって行きました。三十階分くらい上がったところで、暗い、寒い廊下を次々進んでいって、ガラスのドアを押して開けては、ゴミが散らかったカーペット敷きの部屋を抜けていって、そのうちにこの塔が僕の勤務先のビルだとわかって、のぼって来たこのフロアも、僕が副頭取を務めている銀行が占めているフロアだったんです。とうとう、自分のオフィスに僕は入っていって、やっと音の出所がわかりました。巨大な、裸の赤ん坊が、自分の尿と糞で出来た池にまみれて座っていて、苦しそうに泣いているんです。そこで目が覚めて、ズボンの中に夢精したことを悟りました。ズボンは帰ってきたときに脱がなかったんです、ウイスキーをしこたま飲んだもので、なぜそんなに飲んだかというと今日あなたに会うのがすごく不安だったからです。でドクター、この夢どういう意味でしょう？」「あの男と結婚するな！」とゴンズはその晩エルサに言った。二人はエルサが父を苦しめるために選んだ都心のヴィーガン・レストランで夕食を取っている最中だった。ゴンズはエルサに、彼女のフィアンセの夢を話して聞かせた。父が語り終わるとエルサは言った。「ねえパパ、そんなの何でもないわよ。あたしなんか昨日の夜、バグダッドのタクシー運転手になった夢見たのよ。で、アメリカ陸軍に理由もなく拘留されて、アブグレイブ刑務所の独房に放り込まれて、裸にされて、叩かれて、陸軍大尉に犯されて、頭を撃たれて、道端の溝に捨てられて、ガソリンかけられて空っぽの携帯食容器と捨てられた『ペントハウス』と一緒に燃やされたのよ」。エルサはそんな夢など見ていなくて、その場ででっち上げたのだが、実際に見たのとそんなに変わりはしない。そもそも父親との会話はすごく夢に似ているのだ。ドクター・ゴンズはそのあと食事中ほとんど何も言わなかった。その晩、明け方までずっと、茫然とした頭で街をさまよい、娘とフィアンセを操作しようとしたことを恥じた。それについてはしかるべき罰を食らったわけだが、娘たちの近日中の婚礼のことは何とかしないと、という気持ちは変わらなかった。一方エルサはハロルドの最上階アパートメントに直行し、彼の五千ドルのスーツをびりびりに破って、彼を床に突き飛ばし、彼を凌辱した。ハロルドは当惑し、体は血の出た引っかき傷だらけで、何もかも吸い取られて、世界一幸福な男だった。

戦争（III）

War [III]

テリーはイタリア製の明るい赤のスポーツカーでフリーウェイを走っていた。今日の夕刻には今年の〈最高にセクシーなスマイル〉に選ばれたことを発表する記者会見に出る予定だが、まず最初に寄るのは、母親が七年前から住んでいる介護施設である。サクランボ色の派手な車を、冴えない茶色や灰色のセダンが並ぶ中に駐め、施設の入口から中へ入りながら、またいつものように喉が締めつけられるのを感じた。母の部屋に入ると、母は椅子に座って音量を上げたテレビを観ていた。「やあ、ママ」「あら来たの、馬鹿息子。こっち来てこのアホな番組一緒に観なさいよ、信じらんないわよ」。戸口からは画面は見えず、音量はものすごく大きくて歪(ひず)

んでいるので何と言っているかもわからなかった。「こっち来なさい醜男。こんなクズ、みんな喜んで観てるんだよ」と母は言った。テリーは部屋を横切り、母に唇にブチュッとされないうちにすばやくその頭にキスし、テレビの方を向いた。そこには見慣れたものが映っていた——彼自身の美しい顔。母が観ているこのトークショーに、テリーの数年分のスマイルに与えられた賞のニュースがリークされたのだ。「なぁにが最高にセクシーなスマイルだ」と母は言った。「クソ食って美味いと思ってるみたいな顔じゃないか」「ママ、これ僕だよ」「知ってるよ、これが誰かくらい。あんた、よく恥ずかしくないね」「僕には関係ないんだよ。僕はただ俳優の仕事を精一杯やってるだけだよ」「仕事精一杯やってるのはあんたの兄貴のブラドリーだよ、あっちへ行って毎日狙撃されて吹っ飛ばされそうになりながらあそこの人たちの学校やモスクを建ててるんだ。友だちのケンは先週顔を吹っ飛ばされた。セクシーなスマイルなんてお呼びじゃないよ」「ママ、僕にはブラドリーなんて兄貴はいないよ。うちの家族の誰も『あっち』へなんか行ってないよ」「ごまかすんじゃないよ、テリー！　あたしは認知症入ってるかもしれないけど、ホントとウソの違いはわかるんだ。自分の疚しい気持ちを鎮めるためにあたしをだますなんて、自分勝手で残酷だよ」。演技は母親も上手であり、いまも彼女はすすり泣くと同時にすすり泣く真似をしていた。テリーはここがチャンスと母の手からリモコンをひっ掴み、テレビを切った。これまでもリモコンの取り合いで一度は腕を噛まれ一度は喉を引っかかれたので、すばやくやらないといけないことは心得ている。「娯楽室のボウルからクランベリーマフィンひとつ持ってきておくれ」母が言った。テリーは部屋を出て廊下を進んで男子トイレに行った。洗面台の前に立ち、鏡で自分の顔を見た。マネージャーの忠告に従ってこの顔に一千万ドルの保険をかけたという事実は母親ともアーミーレンジャーの兄とも共有する気はなかった。何年か前までは自分の顔を見るのが楽しかったが、初めてテレビの役がついてこれが大当たりし、自分の顔が五千万の陶酔した目玉によって増殖されるようになって、自分の美しさがそこらじゅうに蔓延すると、テリーはもはやそれを見ることも感じることも、理解することもできなくなってしまった。そして彼が一気に有名になったのと同時に、母の心的機能が突然失われた。それまでは暴力に訴えたり人を侮辱したりすることは一度もなかった。それどころか、テリーのことを掛け値なしに愛してくれたし、その顔もテリーの顔の元となる鏡だった。母はブラドリーよりも、ブラドリーが何度も指摘したとおりテリーのことを愛していたし、その格差にしたがって兄弟それぞれの運命も定められてきた。男子トイレから戻る途中、テリーはマフィンを一個取っていった。娯楽室に座った老いた女性五人は眠っていて彼のことに気づかなかったのでホッとした。母も座ったまま寝入っていた。テリーは母を起こしてマフィンを渡し、頬にキスした。彼が身を引くよりも早く母はテリーの眉間にパンチを食らわせ、何鼻をへし折った。「ほら、ティッシュでその血拭きな」。二人はバックギャモンをやり出し、何度やっても母がくっくっと笑いながら勝った。もう帰ろうとテリーが立ち上がってドアの方へ歩いていくと、母が「あらハニー、あんた両目が腫れてるし鼻から血が出てるじゃないの。誰にやられたの？」と言って天使のようにニッコリ笑った。テリーもニッコリ笑い返した。母は「うーん、それ、セクシーなスマイルね」と言い、テリーは記者会見に行った。

お前ならできるよ、レス

You Can Do It, Less

レスは顔を上げて壁の染みを見て、また床に目を戻した。彼は座り心地のいい椅子に座っていた。「レスはもっと豊か」と彼は月に何度か言われていた——たいていは、メロディが上下する歌みたいに〔※"Less is More"（少ない方が豊か）という決まり文句と、彼の名前（Les）をかけた駄洒落〕。彼はまた顔を上げた。部屋は薄暗く、染みは弟の顔に似ていた。弟のミルトは戦争で死んだが、銃弾や爆弾にやられたのではなかった。乗っていた武装車両が、低い橋から転落し、ミルトは水中に閉じ込められ、頭が川底の泥に埋もれてしまったのである。半年後、知らせに家に訪ねてきた軍服姿の大尉が、ミルトの死の様子をレスに伝えたが、頭が泥に埋もれたという細部は言わなかった。が、弟がどう死んだかを詳しく知りたいとレスが迫り、大尉が話したので、今やレスは知っていて、知るのをやめるのは不可能だった。レスは酒を飲んだ。毎日ではないが、週に三、四、五日、そのたびに、弟の死にざまがウイスキーの中に沈んでしまうまで飲んだ。弟が生きていたとき、たしかにレスはもっと豊かだった。弟の体、考え、行ないが、レスのそれらを増幅していた。これはしばしば、レスにとって苦痛の種だった。ミルトの方が背が高く、より強く、より賢く、より勇敢だった。レスの方が年上で、怠け者で、疲れていて、怯えていた。レスの娘が部屋に入ってきた。娘は十二歳。名前はドーラ。「ミルト叔父さんのこと考えてたの?」「ああ」「パパ、叔父さんがいなくなってあたしすごく寂しい」「壁のあの染み、見えるかい?」「と思うけど、ここちょっと暗いから」「あれってミルトみたいに見えないか? こっち来てみろよ、どうだ?」「どうかなあ、いまひとつ見えないから。ねえ、バスケしない?」「ドーラ、父さん酔っ払ってるんだよ」「わかってる」「バスケなんてできないよ」「できるよ、さあ。ほんとに。起きて。お願いだから」。レスはなんとか立ち上がった。ドーラがかたわらにいた。コーヒーの匂いがして、見ればドーラは手にカップを持っていた。「右手をあたしの肩に載せて、このカップを左手で持って、飲んで」。言われたとおりにした。「オーケー、じゃあちょいとバスケやりに行くよ」とドーラが言った。レスはゆっくり廊下を歩き、玄関を出て車寄せの、ゴールリングが据えてあるところに行った。日が沈みかけていた。

レスが何年か前に引いたフリースローラインにドーラは立ち、ボールをゴールめがけて投げ上げた。ボールはゴールに入った。さらに三回シュートし、二回は入って一回は外れた。それから彼女はレスにボールをパスし、レスはそれを受けとろうとして危うく転ぶところだった。フリースローラインとゴールの中間あたりに立って、狙いを定め、シュートし、まるっきり外れて家の壁に当たった。「お前がシュートしなさい、父さん見てるだけでいいから」とレスは言った。「駄目だよパパ、もう一度シュートしなよ、さあパパ、できるって」「ドーラ、父さんできないよ」「パパ、ねえ、この家のエネルギー、けっこうひどいことになってるよ。シュートやってよ、それで晩ご飯食べに行こうよ、パパもう少し酔っ払わないようにしないと」「わかった、わかった、ボール、パスしてくれ」。ドーラがボールを投げ、レスはキャッチして、またよろめいた。指先に触れる、ざらざらしたゴムの感触を通して、自分をもっとしっかり世界の中に入れようとレスは努めた。シュートを決めるよう頑張らないと、理由はよくわからないけれどそのことがドーラにとっては大切みたいだから――それに、見ればキッチンの窓の前に立っている妻のキャシーにとっても。夕闇を覗き込んでいるキャシーの顔は、その闇に包まれて、よく見えなかった。

もう終わった

Through

ラルフにとって物事はめったに上手く行かず、しょっちゅう厄介事になっていた。ある日、ツリーハウスに上がってシンナーを吸っていると、十二歳になる娘が友だちを二人連れてのぼってきた。「パパ、冗談でしょ?」。こいつらだって、こんなところへ真冬に何しに来たのか。ラルフは木から下りて歩いていき、凍った川を渡ろうとし、氷に開いた穴から落ちた。水流に流されて、穴から離れていった。氷の下のどこかで、ラルフは凍え、窒息しかけていた。小さなエアポケットに行きあたって、息をすることができた。左側から、母親の声が聞こえた。「死んじまえ（ファック・オフ）、ラルフ」とその声は、母が生きていたときよく言ったのと同じように言った。

アルコール依存症だった母は、だいたいいつも怒り狂っていた。子供のころよくそうしたみたいに、ラルフは母の声の方に行った。心理学の実験に見られる、冷たい金属棒しか母親役がいないので、それにしがみつく悲しい赤ん坊猿のように。氷に穴が見えて、ラルフはそっちへ向かっていった。穴は母親の魂に生じた傷であり、いま母はそれを、凍死からの脱出口として息子に差し出しているのだ。ラルフにはわかった。この穴から外に出れば、これまで歩んできたひどい人生をあとにすることによって、自分を癒すことになるだけでなく、死後とはいえ母を癒すことにもなるのだ。半分凍えて穴から出たラルフは、胸は疼き、ゼイゼイ喘ぎ、痛みに包まれ、ほとんど動くこともできなかった。妻のシンシアがそこに立って、悲しげに彼を見ていた。妻はアルコール依存症でもドラッグ中毒でもなく、母親より心優しかった。「ラルフ、あたしあんたと離婚するわ」と妻は言った。「おい頼むよやめてくれよシンシア、俺、変わったんだよ」「え」と彼女は言って、しくしく泣き出した。激しい痛みに包まれたまま、ラルフは妻の体に腕を回し、彼女を家まで連れて帰りながら、慰めの言葉をかけつつ、彼女の体に寄りかかって支えてもらった。彼女の反応がどういう意味なのか、ラルフにはわからなかったし、彼女がまだ離婚する気でいるかどうかもわからなかった。

犬

A Dog

毎週日曜そうするように、ローレンは息子に会いに動物園へ行った。着くと息子は檻の奥にしゃがみ込んでいて、うしろの壁と向きあい、鉄格子を摑んでいた。「こんちは」ローレンは言った。反応なし。「ディラン、ハロー、ハニー、母さんよ」「わかってる」息子は言った。この何週間かで声が太くなっていた。ローレンは「こっちへ来てキスしてよ」と言って十秒、二十秒待った。息子は立ち上がり、回れ右して、母の方にやって来て、鉄格子の向こうから頬を差し出した。ローレンはその頬にキスした。漂白剤の臭いがした。カーキの短パンに白いTシャツを着ていて、どちらも清潔だった。頭は剃ってあった。「エラが剃ってくれたの?」「うん、シラミが湧いたから」。エラは彼に割り当てられた、動物園内の一般公開されていない場所で働く特別な世話係である。動物のそばにいることはディランによい影響を及ぼしているようだったし、エラの扱いも医者より上手く、もちろん青少年収容所の看守たちより、さらにはローレン本人よりも上手かった。優しさと規律のバランスをエラは心得ていて、特別なテクニックも持っていた。檻の鉄格子に体をぶつけるせいで体じゅうあざと打撲傷だらけであることが発見されたとき、彼に一日八キロ走らせることにして、毎日の午後三十五分間、柵で囲まれた象乗りエリアが立入り禁止となるよう手配してくれたのもエラだった。走ることはもとより、新鮮な空気と、隣り合わせの巨大な松林の眺めも息子によい影響を及ぼした。それでもローレンは、「どう、調子は?」といった訊き方は控えるようにしていた。そういう質問は、息子を激怒させる傾向がある。その怒りに何年も怯えさせられた末に、ここへ送り出すしかないと決めたのだ。「ママ、神は僕をこういうふうに作ったんだと思う?」「神が存在するかどうか、あたしにはわからない」と彼女は答え、口には出さず心の中でこう続けた——「もし神が存在して、あんたのことに責任があるんだったら、戦争も、飢饉も、病気も神の責任だし、あんたがここで暮らすことに至った、あたしがこれまでに為した一連の決断も神の責任よ」。「ここに来てから僕、それなりに考えて、自分が誰であって何者なのかを理解しようとしてきたんだ。でもあんまり深くは考えたくない。でないと気が狂ってしまうから。これってジョークだよ。だって僕もう狂ってるんだから。わかる？　僕はね、自分の状況についてユーモアのセンスを持とうとしてるんだよ、でないと落ち込んでしまうから」。息子と同じ診断を下された人々に関する文献の中で、彼らは快活に愛想よくふるまうことで人の愛情と信頼を得たかと思うと今度は攻撃的になって暴言を吐いたりする、という記述をローレンは読んでいた。でも彼女は、この子の愛想よさと考え深さを、戦略と見はしなかった。これもまた、激しい怒りと一緒で、この子の真のパーソナリティの一部なのだ。それに、この範疇の人々は、暴力的な行為に及んだあとに自責の念に駆られないとされているが、ディランは時おりまさにそういう感情に駆られる。「ママ、僕あることについてあれこれ考えてたんだ」。あれこれ考えるという言葉で、六歳の誕生日のときに買ってやった仔猫の記憶が呼び覚まされた〔※「あれこれ考える」＝kick aroundは「さんざん蹴る」「虐待する」の意にもなる〕。彼らの家庭でペットを飼ったのはあれが最初で最後だった。「ひょっとして、ザックが僕を虐待したっていう可能性はあるかな？」。ザックとは彼の父親、ローレンの夫であり、二年前にディランによってゴルフクラブで病院に送り込まれ、その後男子修道院に入って沈黙の誓いを立てた。以後、何の連絡も届いていない。「いいえハニー、ザックはあんたを虐待しちゃいないわ、ありえないわ、ザックは穏やかで優しいもの」「あの人弱いよね、ママやエラとは違って。僕、あの人の弱さにつけ込んだんだ」「あんたは誰の弱さにもつけ込むのよ！」「ああママ、怒ったんだね。僕エラに、感情の読みとり方を教わってるんだ、怒りとかそういうのを、自分や他人の中に読みとれるようになるように。馬鹿なこと言ってごめん。ザックの……パパのこと考えてたら一人で興奮しちゃって、パパに何かされたって決めちゃったんだ、そう信じれば僕がこんなふうになったことにもはっきり理由が持てるからね、でも僕だんだんわかってきたよ、理由を探すのって徒労なんだよね、むしろありのままの自分を愛する方が貴いんだよね、でも自分を愛するのってすごく難しいよ、いままで自分がやってきたこと全部覚えてるから」。ローレンは疲れていた。もう何年もずっと夜よく眠れなかったし、ここへ訪ねてくるたびにへとへとになった。脚も腰も痛んだ。と、ディランの右手が鉄格子のすきまからさっと飛び出してきて彼女の手を摑み、ぎゅっと握りしめた。「今度はママ怖がってるよね、でも僕、この手を怒りで握ってるんじゃないんだよ、これはひたすら愛だよ」「じゃあそんなにきつく握らないで!」。ディランは放し、ローレンは手を引っ込めた。「ねえママお願い、手を握らせてよ」。息子の目の中に渇望を彼女は見てとった。前にも渇望を見たことはあって、それで彼の許へ行くたびに、目の周りにあざが出来て唇が切れた状態でリビングルームの絨毯の上で意識を失う破目になったのだ。けれどそれでも彼女は片手を差し出した。息子はその手を取った。今度は優しい握り方だった。「ママ、僕この場所我慢できないよ。ここにいたら死んでしまうよ。僕、解決策思いついて、エラも同意してくれたんだ。今夜ね、ママが帰って、動物園も閉まってから、エラが檻を開けてくれて、僕、松林へ逃げるんだ」「逃げてどうするの？」「ずっとそこにいる」「どれくらい？」「永久に」「駄目よ！」「ほかにどんな手があるのさ？　ここにとどまる？　ママと一緒に帰る？　病院に戻る？　グループホーム？　刑務所？」「松林にいたら死んでしまうわよ」「かもしれない。それもそんなに悪くないんじゃないかな、餓死とか、凍死とか、野生動物に八つ裂きにされるとか」「ディラン！」「僕、死を求めてるんじゃないよ、一番悪くない生を求めてるんだ。幸福になるのは無理としても、自由になりたいんだ」。ローレンは力なく前に倒れ込み、顔を鉄格子に押しつけた。ディランは彼女のおでこにキスし、「さようなら」と言った。彼女は動かなかった。「さようなら、、、、って言ったんだよ」。ディランは彼女の両肩に手を当てて、彼女を押しのけた。彼女は危うくうしろに倒れるところだった。だがどうにかバランスを取り戻し、もう一度だけ息子を見て、彼が檻に入れられている部屋から立ち去った。黄昏の中、駐車場を歩いていきながら、自分の車の後部席で何か黒っぽいものが動くのが見えた。先週買った犬が、彼女が戻ってくるのを待ちわびているのだ。

劇

The Play

教室のベルが鳴って、生徒たちに読んで聞かせていたおはなしの本から顔を上げたとき、ジューンはふと、読んでいた最中に戸口に夫が立っているのを見た気がした。でもそんなことはありえない。夫は神経科医で、平日の午前は手術の予定がぎっしり詰まっているのだから。ジューンは廊下で子供たちを二列に並ばせ、講堂に向かって歩かせた。今度の週末にやる劇の、ドレスリハーサルがあるのだ。昼休みになり、学校の外の歩道に出ていくと、夫のソールが彼女を待っていた。しばらく前から二人は問題を抱えていて、ソールは一週間前に出ていったのだった。電話で話してはいたが、彼が出ていって以来、会うのは初めてだった。ソールの顔には無精髭が生え、体は痩せて、歩道に立っているというより、歩道の上でどうにかバランスを保っているという感じだ。例によって、自分からは喋らず、ジューンが口を開くのを待っている。「元気？」と彼女は訊いた。「うん」「今日は手術はないの？」「エルモに代わってもらった」。エルモとは、彼が病院のオフィスに置いている骸骨で、頭蓋に刺したフックで吊され、全体が針金でつながれている。ソールはジョークを言うタイプではない――特に、手術については。無口な男で、考えていることのごくわずかしか言葉にしない。そのことに、ジューンは耐えられなくなってきたのだ。それがいま、彼は自分のジョークに笑っている。「ソール、あなた大丈夫？」「いいや」「どうしたの？」「どうしたと思う？　僕は眠れない、ほとんど食べられない。これから生物学専攻の大学生相手に人間の脳について講義しに行くんだけど、手の震えが止まらない」「でもあなた、出ていってって私が頼んだときは何も言わなかったじゃない。例によって、どうでもいいっていう感じだったじゃない」「『どうでもいい（インディファレント）』じゃない。『違う（ディファレント）』だ。僕の内側は外側と違う。僕はいつも何かを感じている、ただそれを外に出さないだけだ。君はわかってくれてると思ったのに」「で、やっと感じてることを外に出してみて、どういう気持ち？」「すごく嫌だ」「私はこういうあなたの方がいいな。あなたの内側に入れてもらえないと、どうしたらいいかわからないもの。もうひとつジョーク言ってくれる？」。ソールは彼女のうしろの、学校の正門を指さし、「君の生徒たちが、三つ叉熊手と松明（たいまつ）を持って僕の方へやって来る。みんな怒ってるみたいだ」と言った。ジューンは笑った。「いや、これは真面目な話」とソールは言った。生徒たちがジューンとソールを取り囲んだ。顔に泥を塗っていて、「モンスターをよこせ！　モンスターをよこせ！」と口々に叫んでいた。ソールは彼らの要求に応じて、ブリーフケースから、澄んだ、ねっとりした液体に浮かんだピンクの人間の脳が入っている大きな壜を引っぱり出した。ジューンのクラスで一番大きな男の子テディが、熊手を振りかざしてソールに突進してきた。「脳を歩道に置いて、うしろに下がれ！」。ソールは言われたとおりにした。テディは道具を放り出し、脳が入った壜を取り上げ、頭上に持ち上げて、絶叫している仲間たちに囲まれて学校の中へ駆け戻った。ジューンはソールの方に行って、両腕をそっと彼の体に回した。「ダーリン、どんな気分？」「融けてなくなりそうな気分だよ」

今度こそは

The Second Time Around

横領罪の一年半の服役を終えて、マーティンはバスに乗って田舎へ行った。野原の真ん中の狭い道路に降ろされた。熱い日ざしを浴びながら、スーツケースを手に二キロ近く道路を歩いた。細長い、轍（わだち）の付いた、草ぼうぼうの私道に入っていった。息は上がり、シャツが背中に貼りついた。道の果てに小さなおんぼろの農家があった。シャツを着ていない男の子が玄関ポーチに座っていた。あごと、鼻の下には、マーティンが見たことのない黒い毛が幾筋か短く生えていて、腋の下にも新しい毛のかたまりがあった。「パパ泣かないで、誰だって大人にならないといけないんだから」。マーティンは荷物を下ろし、息子から一メートルばかり離れて立った。「僕のことハグしていいよ、パパのこと憎んでないよ」と息子のジェシーは玄関の階段の一番下の段に立って言った。マーティンが歩み出て二人はハグし、マーティンの鼻がジェシーの鎖骨に押しつけられた。二人は離れた。「お前のママは俺のこと憎んでるか?」「それはママに訊いてもらわないと」「いるのか?」。ジェシーは目をそらして「アイスティー飲む?」と訊いた。家の中は涼しくて暗く、腐りかけた野菜の臭いがした。べたべた汚れた、食べかすの散らばった、家の裏手の鬱蒼と茂る林の見えるテーブルで二人はお茶を飲んだ。「今年は学校、行ったのか?」「行かない」「何してた?」「狩りして、釣りして、畑手伝って、食べて、少し本を読んだ」「田舎の女の子とは知りあったか?」。ジェシーは目をそらしてニヤッと笑った。「都会が恋しいか?」。息子は肩をすくめた。マーティンは言った。「もちろんあのアパートはもう手放した。また別のところを見つける。そこへ来てパパと暮らしていいぞ。そうしてほしい。お前がどこに住むにしても、とにかく幸せでいてほしいんだ」。息子の沈黙にどう反応していいかわからず、手足をぴくぴくさせ、あちこちに視線を動かしながらマーティンは「やっぱりママに会いたいなあ」と言った。ジェシーは彼の顔を見て、立ち上がり、裏口から飛び出していった。マーティンは座って、刑務所で身につけた麻痺状態を実践した。「来るの?」とジェシーが二本の木のあいだから叫ぶのが聞こえた。マーティンは外へ出て、林に何メートルか入ったところにいる息子に合流した。息子はすたすたと石ころだらけの狭い鹿道を歩いていき、マーティンはついて行くのに一苦労だった。「ジェシー、少しゆっくり歩いてくれないか?」。反応なし。その後一時間かそこらのあいだにマーティンは何度か転び、すり傷や打ち傷がたまっていった。洞穴の入口に着いたときにはもうくたくただった。「あそこにいるのか?」。ジェシーはマーティンには読みようのないしかめ面を浮かべ、跳び上がって頭上の木の枝からぶら下がり、葉むらの中を進んでいって、消えた。マーティンは何歩か、試すように洞穴の中に入っていき、「エドナ?」と呼びかけた。答えなし。もう少し中まで入ると、一歩進むごとに光が減じていった。もう一度元妻の名を呼んだ。さらに何歩か歩くと、もうすっかり闇の中を進んでいた。「来ると思ってたわ」元妻がささやいた。彼女の吐く息がマーティンの右耳を撫で、体の右側の頭から足まで、彼女の温かさが伝わってきた。彼女の匂いもした。結婚していたころもそうだったが、めったに体を洗わないのだ。「ここにいつもいるのかい?」とマーティンは訊いた。「たいていの日は。でも寝るのは家よ」「ジェシーの世話は誰が?」「ジェシーよ。あの子にとってもいいことなのよ。街で暮らしてたころ、あんたあの子を甘やかしすぎたのよ」「え、食べさせてやって、学校まで送ってくことがか?」。彼女はマーティンの肋骨を強く突ついた。「おい、よせよ。俺は何も見えないんだ、無防備なんだぜ」。エドナが声を上げて笑った。あの狂った、エドナ特有の笑い方。「だいたいここで何やってるんだ?」「わかんない。あんた、刑務所で何やってたの?」「わかんない。あの子ほんとに大丈夫なのか?」「バッチリよ」「まあたしかに健康そうだよな」「あんた、あんまり具合よくないんでしょ?」「ひどいもんだよ」「あたしはすごく元気」。エドナの匂いは強かった。彼に迫ってきた。裸だった。彼の服を剝ぎ取ってうなり声を漏らし、金切り声を上げた。その十分間でマーティンは、彼女なしで過ごした数年間に得た以上の快楽を味わった。その後、洞穴に横たわって、つかの間の平安が漏れ出ていくのを感じていた。「朝ご飯作るわ!」とエドナは皮肉を込めて言った。遠くからの声だった。マーティンは「どこにいるんだ?」と訊いた。「日が沈む前に家に帰るのよ」「俺のズボン、どこ?」。彼女が妊娠したならいいが、と思っていた。またあのみじめな日々を一から始める以上にやりたいことはひとつも思いつかなかった。

まあでも けっこういい一年

Still, Pretty Good Year

　リンダは息子のチャックに、クリスマスツリーを道端に捨てる前にフェイスタイムで会わせると約束したので、十二月二十七日の朝、元夫の妻サヴァンナの携帯に電話した。元夫より、サヴァンナの方がずっと、息子と一緒にいる確率が高いからだ。チャックが出た。リンダからだとわかったので、サヴァンナが電話をチャックに渡したのだ。「ハイ、ママ!」「ヘイ、チャッキー、バハマはどう?」「いいよ」。六歳のチャックは、砂浜に敷いたタオルに座って、タオルの上に置いてある継母の携帯に映った母親の顔を見下ろしている。頭上には明るいバハマの太陽が輝き、サヴァンナの携帯とリンダの携帯を介して、まっすぐリンダの目を射た。「ハニー、太陽がまぶしすぎるの、携帯を下に置くんじゃなくて、目の前にかざしてくれるかしら、ママ目が眩んじゃうから」「え?」「ねえ、ほら、道端に出しちゃう前にクリシーと話す?」「クリシー!」息子がツリーとおはなしできるよう、リンダは携帯を、ツリーの横のキッチン兼ダイニングルームのテーブルの上に置いた牛乳のカートンに立てかけ、朝食の皿を片付けた。流しとテーブルを何度か行ったり来たりしている最中に、「……でもけさビーチに来たらね、サヴァンナにね、日焼け止め忘れたからホテルの部屋まで取りに行ってちょうだいって言われたから、戻っていったらね、パパがベッドの上でイヴォンヌとレスリングしてて、二人とも下着しか着てなかったの」とチャックが言うのが聞こえた。牛乳のカートンのうしろで、リンダは凍りついた。クリスマスツリーのクリシーは、「イヴォンヌって誰よ?」と訊いた。「ぼくの子守」「二人がレスリングしてるの見て、どんな気がした?」「べつに。悪くも良くもなかったよ」「サヴァンナにそのこと話した?」「ううん、サヴァンナはレスリングに興味ないから」「あんたのパパ、いまどこ?」「わかんない。ねえクリシー、ママにまた出てもらってくれる?じゃね!」。リンダは携帯を手に取り、画面に映る息子の顔に見入った。息子はタオルの上に仰向けになって、携帯を上に、彼女がまぶしくない角度にかざしている。「で、クリスマスはどうだった、ママ?」「けっこうよかったわよ」「サヴァンナにね、悲しくてもいいのよって言われた」「え、なんで?　あんた、悲しいの?」「ううん、ママがだよ。僕これから、サヴァンナと泳ぎに行くから。心配しないで、じきに帰るから。じゃね！」。リンダの携帯が暗くなった。「ねえクリシー」とリンダはツリーに言った。「こういうのって、どうしたらいいのかな？」「もっと腕のいい弁護士雇って、今度のクリスマスはチャックと一緒に過ごせて、あんたがマイケルソンの家のパーティに一人で行って隅っこに立って帰ってきてウイスキー飲んでまた『愛と追憶の日々』泣きながら観る、なんてことしなくていいようにするんだね」「万一そうできたって、バハマの五つ星ホテル相手じゃ勝ち目ないよ」「ねえいい、あんたたち人間の抱えてる問題が、すごく切実だってことはあたしにもわかる。けど忘れないでよ、あんたは車で山に来て、あたしを地面から切って、あんたの錆びついたステーションワゴンの屋根に縛りつけて、街へ運んで帰って、浅い水の鉢にあたしをつっ込んで、あんたが水を足すより先に鉢はしょっちゅう乾いちゃって、あんたたちの年一度の儀式を完了するためにあたしがじわじわ死んでくあいだ、あんたは枝からいろんな物を吊した。だから勘弁してよね、あんたの冬の休暇の危機を和らげる役をあたしがそんなに上手くやれなくても」「わお、クリスマスツリーっていつからそんなに手厳しくなったわけ？」「ううん、手厳しいのはそっちだよ、ちょっとふざけただけだよ。さあ、この飾り外して、あたしを道端に下ろしなよ、あんたが一日の仕事にさっさと取りかかれるように」。リンダはツリーから飾りをみんな外して、毎年しまっておく箱に戻し、クリシーを抱えて階段を下りて歩道に出た。「クリスマスって、いつもちょっと悲しいよね」とクリシーは、リンダに冷たい道端に下ろされるとともに言った。「でもまあそれで筋が通ってるんだろうね」「どうして?」「だって、これってキリストの生涯を祝うわけでしょ? でさ、大きな不和もないし、下司にふるまう奴が一人もいない家庭なんてめったにないけど、かりにあったとしたって、しっかり祝おうと思ったら、キリストの苦しみに触れないわけには行かないじゃない」「うーん、あんたって絶対、あたしが出会った最高に哲学的なクリスマスツリーだね」「まあ平均的ってところじゃないかしらね。あんたがたまたま今年は、そういうことにいつもより注意を払う気分になってるんだよ。まあだから、この季節をそうやって見れば、まったくの無駄でもないんだよ」ゴミ収集車が道端に寄ってきて停まった。作業員が一人飛び降りて、ツリーを拾い上げ、トラックのうしろに放り込み、何かスイッチを押すとそこの装置がガガガと下りてきて、彼女の兄弟姉妹と一緒にツリーを押しつぶした。「じゃあねリンダ!」自分を破壊する機械の騒音に負けずに、クリシーが陽気に声を張り上げた。

「じゃあねクリシー! ありがとう!」

誰かが見てくれている

Someone to Watch Over Me

テレビ番組で、裏庭でフットボールを使ってキャッチボールをしていた父と息子が、機内でテロリストの爆弾が爆発して墜落した飛行機の胴体につぶされた。その後、爆弾を仕掛けたテロリストが番組のヒロインに、自分が彼女の父親だと明かした。ダレンはテレビを消して家の外に出た。家の前の歩道に立って、十二月の灰色の空を見上げた。日曜日に――クリスマスの迫ってきたいまの季節の日曜日に――何をしたらいいのか。どこへ行ったらいいかわからないまま歩いた。食料でも買いに行くか。あの番組の善人のヒロインは、社会病質者の父親に育てられたのではなかった。初めて父と会ったとき、父は彼女に銃を向けていて、彼女は父に銃を向けていた。どちらも発砲はしなかった。私はお前の父親だと言われて気がそれてしまい、その隙に父の手下が物陰から出てきて彼女を殴って気を失わせた。頭の軽い傷を手当てしてもらえるよう、父と手下は彼女を、本人が勤務しているＦＢＩの秘密軍事施設（ブラック・サイト）に置いていった。目が覚めると、父に対する怒りが湧いてきて、父を逮捕するか殺すかするのでなければ二度と会わないし口も利かないと誓った。彼女は暴力的な精神異常犯罪者を毎週一人殺すか逮捕するかし、肉体的にも倫理的にもものすごく逞しかった。にもかかわらず、ダレンは自分が彼女を護ってやれるような気がした。僕の父親もテロリストだったんだよ、僕の母親や僕を虐待したんだ、僕も親父とは二度と会わないし二度と口を利かないと決心したんだ、親父は結局頭を撃って自殺したよ、僕はそんな決心をしたことで自分を憎むようになったんだ、君もそんなふうに誓ったら自分を憎むようになると思うよ、いまお父さんを憎んでいるのと同じくらい。

彼はスーパーマーケットに着き、入口のガラス扉のすぐそばにグズグズとどまったので扉が何度も自動的に開いたが、中に入ってチキンカツレツを買うと思うと気持ちが沈み、扉のたびたびの招待に応じることもできなかった。「世界の貧しい人たちにささやかな寄付をお願いできますか?」誰かがうしろで鈴を鳴らしながら言った。サンタクロースに扮した年寄りの男だった。ダレンが男に近づいていくと、ウオッカの強い臭いに目がしょぼしょぼした。財布から十ドル出して、足下のバケツに入れ、急いで立ち去ろうとした。男が「女房に死なれたんです」

と言った。「それはお気の毒に」「ものすごく寂しくて、どうやってこれから生きていったらいいかもわからない感じってわかります？」「ええ、わかります」「あんた、恋人はいる？」「ええ、ステファニーっていう名前で、ＦＢＩに勤めてます。父親と大喧嘩しています。このあいだ会ったときは二人とも危うく殺しあうところでした」「いつまでも父親のこと怒ってちゃ駄目だ。憎しみの循環を始めたのはその子じゃないだろうけど、なんとかそいつを断ち切らなくちゃ、さもないとあんた方の子供たちの人生も、子供たちの子供たちの人生も吹っ飛ばされちまう」。サンタクロースはふたたび鈴を鳴らしはじめた。ダレンは歩いて家に帰った。玄関の扉をノックした。ステファニーが開けて、「お帰りなさい、ハンサム」と言って銃を彼に突きつけた。「ステフ、愛してるよ、だけど勘弁してくれ、それ笑えないぜ」

回想録

Memoir

はじめあたしは小さな女の子で地面に座り込んで緑の草を眺めていた。そのうち草は茶色に変わった。あたしの上にいる男が大声で喋っていた。男はあたしに触ったり撫でたりしてあたしはそれが嫌だったけどあたしは全然弱すぎてやめさせられなかった。あたしは腕に星の可愛い顔を刺青した——これは高校のときのことだ。あたしは二度戦争に行って人や犬が街なかで血を流して死ぬのを見た。木が何本も丸ごと吹っ飛ばされるのを見て、あたしの友だちのアンの指があたしの刺青をなぞることはもうない。二度目の戦争で一人の男が部屋の中でまたあたしに何かしようとしたけどあたしはやめさせた。男は気を失いかけて泣き出してあたしは気持ちょかったけど、家に帰ってくると嫌な気分になって、それから爆弾が落ちてない野原に寝転がって気持ちを落着かせ、あたしの中でその男を、そしてもう一人の男も泣かせてやって、二人の涙があたしの目から出てきたけどそれは構わなかった。あたしは工場で働いて、仕事をしてる大勢の人たちと一緒にいて楽しかったけど夜になるとアンがあたしの中でギャアギャアわめいてあたしは酒を飲んだ。それからあたしはお婆さんになって、ギャアギャアわめくのはやめなと言ったらあんたこそ酒飲むのやめなとアンは言った。アンはやめなかったしあたしもやめなかった。あたしはいま酔っ払っていてそれでも仕事に行かなくちゃいけない。アン、あんたいつかまたあたしにささやいてくれる？　いいよ。いつしてくれる？　いまやってるよ。

アイスクリーム

Ice Cream

過去はいいよなあ、とスティーヴンはタイムマシンに入りながら思った。着いた先は小さな田舎の病院の産科病棟、時は一九七一年四月十六日午前八時、彼が生まれたはずの日である。父親のラリー——いまのスティーヴンより二十歳若い——が待合室の隅っこで両手で頭を抱え、ビニールで覆った椅子に座っている。春の朝の穏やかな光がラリーとスティーヴンに触れ、二人のあいだのリノリウムの床に触れる。ラリーが顔を上げると、見知らぬ年上の男が部屋の反対側に座っている。ラリーの目は腫れぼったく、ひどく惨めそうだ。「何の用だ？（ホワット・ドゥ・ユー・ウォント）」とラリーは訊く。スティーヴンは「いままで生きたのよりましな人生が欲しい」と答える。「じゃあ並んで順番を待つんだな」「あんたはこれから子供が産まれようとしてるのに、嬉しくないのか？」「嬉しい？　俺の女房はもう三日ものすごく痛い思いをしていて、俺は二週間前に酔っ払って出勤してクビになって、いまはしらふだけど、年じゅう酔ってるより唯一悪いことは年じゅう酔ってないことさ。だいたいあんたどこのどいつだ？」「俺は……マーヴィン・ラスコ」「いいかマーヴィン、嬉しいのがいいんだったらアイスクリーム屋に行きな。あんたの女房も産むのかい？」「いいや」「じゃこんなところに用ねえだろ、さっさと帰れ」。看護師が出てきて、スティーヴンには聞こえない小声で何かラリーにささやいた。「で、いま会わせてもらえるのか？」。看護師は何か別のことを言って立ち去った。「やれやれ、俺の女房、陣痛だってのに俺に会いたくないんだとさ。きっと酔っ払ってると思ってんだな」「俺たち二人でアイスクリーム屋に行くってのはどうだ？」とスティーヴンは言った。ラリーは長いこと彼を見ていたがやがて立ち上がった。二人は通りを歩いていった。ここは小さな町であり、歩道ですれ違う少数の人々はラリーに用心深げに挨拶するか目をそらすかのどちらかだった。アイスクリーム屋で二人ともコーンのアイスクリームを受けとって食べはじめた。スティーヴンは「俺のおごりだから」と言ったが二〇一三年のズボンのポケットに手を入れてみると中はからっぽだった。彼は申し訳なさそうな顔で父親を見た。「おいおい、俺も文なしなんだぞ」とラリーは言った。カウンターの向こうから二人にアイスクリームを出した小柄の禿げかけた男が愕然とした表情で見ていた。店のオーナーのジョージ・アークラ。彼の妻はいまから一か月後、十六歳までスティーヴンの一番の親友でありつづける男の子を産むことになる。そして十六のときに二人は女の子をめぐって喧嘩になり、スティーヴンはジョージの息子の片目を失明させてしまうことになる。「おいおいラリー、またか?」とジョージは言った。「さっさとアイスクリーム持ってその友だち連れて外のベンチに座って食え、金払えないんだったら二度と来るなよ」。ラリーは怒ってアイスクリームをゴミ箱に投げ捨て、くるっと踵を返して出ていく。スティーヴンもあとに続いた。二人の男はアイスクリーム屋の前に黙って立った。スティーヴンは「あんたがあんまり落ち込んでるみたいだったから、何かいいことしてやりたかったんだよ。かえって悪くしちまってごめん」と言った。スティーヴンの父親は「あんたのせいじゃないって。もっとずっと根は深いんだよ」。スティーヴンは自分のアイスクリームを父親に与える。日は暗くなっていき、彼は自分がタイムマシンの中に消えていくのを感じる。どうやらこのマシン、思ったほどコントロールが効かないみたいだ。

お前のことも愛してるよ

Love You Too

父親を訪問しに精神科へ行ったら、子供のころの宿敵が廊下をこっちへ歩いてくるのが見えた。薄手のローブを着て、頭は剃られ、太い傷あとが一方の耳の上から始まって、弧を描いて頭を越え、もう一方の耳の上まで、虹のようにかかっている。会うのは四十年ぶりだが、こいつにはどこで会ったってわかる。「クリス・マーカム！」と私は呼びかけて、指を一本突きつけた。相手は私を見さえしなかった。のろのろ進みつづけるだけで、口は開いて、血走った目が前を向き、竹馬にでも乗っているみたいに足を下ろすたびにがくん、とわずかに体が揺れた。四十年前とほとんど変わっていない。相変わらず陰険で、腹黒い。これで訪問も台なしだ。どうしてこんなところにわざわざまた来たのかも、わからなくなった。父親の部屋に入っていくと、父は情けない、ほとんど動きもしない挙手跳躍（ジャンピング・ジャック）をやっていた。目と顔はいつもほどぼんやりしていなかったが、とにかく辛い人生を送ってきた老人なのだ。「よう、バディ。お前の友だちのクリスがここに入ってるぞ。いい子だな」。父は狭いシングルベッドに腰を下ろし、私が座るようにと、硬い背の椅子のひとつを指さした。父は「ここで話し相手がいるのは有難いよ。あの子は話も上手だし、卓球もバックギャモンも上手だ」と言った。二年間にわたって、クリスは私が一人でいるのを見つけるたびに私を叩きのめし、その都度「ここにはお前と俺しかいないぜ、バディ」と言ったので、叩きのめされるのはいっそう恐ろしさを増した。誰も助けてくれないし、本人の損なわれた道徳観以外、クリスが私を痛めつけるのを妨げるものは何もなかった。こうやって訪ねてきても、私は父に何と言ったらいいか、わかったためしがなく、今回も二人でただ黙って座っていた。私は内心、自分が座っている椅子を窓に投げつけて、椅子が裏道の汚いコンクリートに落ちてバラバラに壊れるのを見たいと思っていた。クリスがよたよたと入ってきて、父は私の椅子の隣の、背の硬い椅子を指さした。クリスが座った。父は身を乗り出して、クリスの膝をぴしゃっと叩いた。クリスの目は相変わらず虚ろで、口は開いていて、赤い傷あとは湿っていて生々しかったが、何が起きているのか、私にもわかった。

「クリス、これがこないだ話したわしの息子だよ、この子のこと覚えてるかい？」。まだ一度も私の方を見ていないクリスが、「こいつ、よくぶっ倒れたよ」と言った。さすがにもう我慢できない。私は立ち上がり、彼のあごに力一杯パンチを浴びせた——つもりだったが彼は開いた手で私のげんこつを受けとめた。「バディ」とクリスは言った。「こういうことよそうぜ、俺、辛い一年だったから」。私の父が言った。「過去を許せなかったら、過去に喰らい尽くされちまうぞ。まあとにかく、わしはここにいられて嬉しいよ、まるっきり昔みたいに、お気に入りの子二人といられて」

戻ってきたんだね

So You're Back

何年もずっと、エリナーはいい気分じゃなかった。いろんな専門医に診てもらっていた。ある医者からは、糖分摂取をやめなさいと言われた。別の医者からは、乳製品をやめなさいと言われた。また別の医者からは、小麦をやめなさいと言われた。コーヒーをやめろと言う医者もいたし、朝一番でお湯をカップ一杯飲みなさいと言う医者、朝一番で冷水シャワーを浴びろと言う医者もいた。そしてまた、目があなたを見ているものを食べてはいけませんと言う医者もいた。でも何もかもが彼女を見ていた。キノアはその小さな目で見たし、ケールも、グルテンフリーの朝食パイも。ある日彼女はベッドにもぐり込み、三十六時間眠った。意識が戻ると、知らない男が彼女を見下ろすように立っていた。明るい赤のサングラスをかけていて、黒髪はまっすぐで、カメラを持っていた。「やあ、僕はブルース・フィリポス、アート・セラピスト。病気の人を写真に撮って、治すんだ。君の写真撮っていいかな?」「あたしのこと、どうやって知ったの?」「ドクター・アーグリーフから聞いたんだ」「こんなの耐えられないわ」とエリナーは言って、毛布を頭からかぶり、横に転がって彼から離れ、窓の方を向いた。「いいよそれ、そのままそのまま」。うしろでカシャカシャ、シャッターを切る音が聞こえた。「灰色の毛布の上の、光と影のたわむれが最高だよ」と彼は言って、エリナーの足の方に下っていった。肌の上と、骨盤のあたりに、チクチクと奇妙な疼きを彼女は感じ、やがてそれを、性的興奮として認識した。快感を隠そうと、彼女は咳をした。「ねえ、写真もうたくさんよ」とエリナーは言った。「気分、よくなった?」とブルースは訊いた。「どうかしら。お腹空いたわ」「何か食べるもの用意するよ」。彼女は毛布を払いのけ、ベッドを出て立ち、床に倒れ込んだ。ブルースが起こしてくれて、廊下を通ってキッチンまで連れていき、バターとジャムのトーストを作ってくれた。「これって小麦と、乳製品と、砂糖入ってるじゃない。駄目よ」「食べてごらんよ。セラピーが効いたか、見てみよう」と彼は言った。二口三口食べてみると、ものすごく美味しかった。こういう食べ物、何年ぶりだろう。彼女は立ち上がって、キッチンの流しに吐いた。「ひどい気分よ、もう最悪。ベッドに連れ戻してちょうだい」。ブルースに手を貸してもらって、廊下を進んでいった。「じゃ、もう行かなくちゃ。明日も同じ時間でいい？」と彼は言った。「あたし、どこへも行かないわ」

やっと帰ってきた（I）

Home At Last [I]

地球から一一〇億マイル離れて、無人探査機ボイジャー1号は太陽系の果てに達しつつある。三十五年間宇宙を飛びつづけてきたこの船が、年末までにはヘリオクリフ（太陽系境界）を越えて恒星間空間に入ると科学者たちは計算している。船には「ゴールデンレコード」と称した、地球の画像や音をエンコードした金メッキ銅盤が搭載されている。ゴールデンレコードには、タージマハル、生まれてこようとしている赤ん坊、コーン形のアイスクリームを舐めている女性などの写真が入っている。鯨の立てる音、キスの音も入っている。中国人女性が「もうご飯食べた？」と言っている声、農民の反乱をめぐるグルジアの歌、愛する男からのプロポーズを受け入れたばかりのアメリカ人女性の脳波もある。ボイジャー1号がヘリオシースの非常に強力な磁場にさらされているなか、メリッサはもう三か月家から出ておらず、窓の近くにすら行っていない。引きこもる直前、メリッサは州環境保護局の現地作業員の職を解かれた。彼女は自己中心的な人間ではないが、生命体の保護者を政府が見捨ててしまうような惑星に懸念を覚えずにいられない。地元の電力会社の、何エーカーにも広がる変電所のそばに彼女は住んでいて、電気も汚染もない田舎の家に引越したいと思っている。図書館員のアーメットから彼女はプロポーズされ、受け入れたが、彼を含む誰も自分のアパートに入れようとしない。「二年前のあの酒飲み競争で、僕が君の顔をふざけてひっぱたいたこと」とアーメットはメリッサに、彼女のアパートのドアの外から言う。このドアの外の床に座り込んでアーメットが夕食を食べるのは、今夜で連続八十四夜目だ。メリッサは中からドアに片手を押しあて、「それがどうしたの？」と言う。「あの夜僕は君にキスしたくてたまらなかったんだ。君と触れあえなかった一瞬一瞬がいまの僕には悔やまれる」「四万年経ったら」とメリッサは言う。「ボイジャー1号はこの太陽系に一番近い別の太陽系にたどり着いて、知覚を持つ生物がもし存在するなら、彼らは私たちのメッセージを聞くことになる。もしかしたら彼らはもうすでに、どうやってだか、私たちのメッセージを聞いているかもしれない。もしかしたらいまこの瞬間にもあんたとあたしのことを見守っていて、ドアのこっち側にあたしがいてそっち側にあんたがいるのを見て、あたしたちのことをわかってくれてるかもしれない」「え、その人たちって、僕がわかってないことを何かわかってるのかな？　僕、自分がすごく馬鹿みたいで恥ずかしいよ。そして僕は君をほんとに愛してるんだよ」

やっと帰ってきた（II）

Home At Last [II]

腫瘍を診てくれている医者の忠告を無視して、ランダルはある日歩きはじめ、そのままずんずん進んでいった。夜は疲れはてて、生い茂った生垣か、物置小屋で眠った。毎日一度ファストフード店に入って、食欲はろくになかったけれどバーガーとフライドポテトを飲み込んだ。クレジットカードとYMCA会員証は持っていたから、何日かごとに新しい服を一揃い買い、シャワーを浴びてそれを着て、古い服を捨てた。時は過ぎていったが、彼はいい具合にその流れを見失った。ある時点で、月に着いた。岩だらけの丘がありクレーターがあり、木も草も生えておらず、コーンシロップのなかを歩き、漂っている感じだった。生垣、物置小屋、ファストフード店、ＹＭＣＡはここでは存在せず、クレジットカードも無価値だった。「仕事、探してるのかい?」。一人の男が大きなトラックの脇に立っていて、荷台にはすでに何人かが乗り込んでいた。ランダルも乗り込もうとしたが、男たちの一人に手を貸してもらって、やっと這い上がった。トラックはしばらく走って、はるか地平線まで延びている巨大なパイプのそばで停まった。ほかの男たちはトラックから飛び降り、すでに一足先に来ている、コンテナからパイプの断片を出して巨大なパイプの端まで運んで装着している男たちに仲間入りした。断片はおそろしく重くて直径も大きいので、ひとつを運ぶのに、四人がかりでやらないといけない。ランダルは三人を手伝って一個を持ち上げようとしたが、自分の持ち分を支えられず、おかげで四人とも危うくパイプにつぶされるところだった。さっき声をかけてくれた男が言った。「お前、この仕事には全然使えないな。そこの岩に座ってろ、さっきいたところまで今夜連れて帰るから。弁当は持ってきたか?」「いいえ」「水は?」「いいえ」「そいつぁ長い一日になるな」。月でも労働は、地球とさして変わらなかった。岩の上で、ランダルははじめ腰かけていたが、やがて横になった。喉はからからで、腹が減って、体が痛んだ。妻のシビルが歩いてきた。六か月になる、二人の娘クララを抱いていた。シビルが水の入ったボトルを渡してくれて、ランダルはそれを飲んだ。「どうしてここにいるとわかった?」「あんたの動き、けっこうゆっくりだったから」「出ていって悪かったよ、ほんとに」「まあ、仕方なかったんじゃないの。これからはずっと一緒にいてちょうだい。あたしもこの子も、あんたが必要なのよ」。クララが泣き出した。「月からどうやって帰るのかな?」とランダルは訊いた。「それがねえ」と妻は言った。「あたしたち、帰らないいんじゃないかしら」

謝罪

An Apology

テッドはお隣のセリーナに、自宅の降霊会に呼ばれた。行ってみると、参加者の一人は、昔高校で数学を習ったイリアナ・シルヴァー先生だった。彼女の霊ではなく、生きた本人が、怖い顔をしてソファに座っていたのだ。相変わらずこの人から数学を教われそうになかったし、ほんの少しでも寛容に扱ってもらえそうになかった。かつてバイクに乗っていたテッドを車で撥ねたのに謝りもしなかった、それどころか悪いのはテッドだとまで言ったモリス・アンドレッジも来ていて、背の硬い椅子に座っていた。ほかにテッドが知っている人間はいなかった。セリーナが彼の手を取って、椅子に――モリスのすぐ隣に――案内し、窓のカーテンを閉めて回ってから、テッドとは部屋の反対側の席についた。部屋は薄暗かった。彼らは輪になって座っていた。セリーナはみんなに、目を閉じて沈黙するよう言った。霊を歓迎するとかなんとか、いろんなことを言った。もう目を開けて結構です、どなたでも接触したい人をおっしゃってください、と彼女は言った。イリアナが「お母さんに会いたい、お母さんがたまらなく恋しい」と言った。しばらくのあいだ、しんと静かで、テッドは落着かなくなってきた。「ママ！」とイリアナが叫ぶのが聞こえた。「ああ、ママ」とイリアナは言って、しくしく泣き出した。テッドには、この老いた女性が薄暗がりでしくしく泣いている姿しか見えなかった。モリスがテッドの方に身を乗り出して、「こんなの嘘っぱちだぜ。キッチン行ってパンケーキ食わねえか？」とささやいた。モリスが立ち上がり、テッドはあとについて行った。キッチンでモリスが「あんたはそこのテーブルに座ってろ、ここは俺がやるから。俺、パンケーキ作るのすごく上手いんだよ」と言った。「なんでこんなことしてくれる？　あんた、俺のこと嫌ってるんじゃなかったのか」「嫌っちゃいないさ。あんたのバイクを撥ねたあと、俺怖かったんだよ、あんたが俺から何もかも搾りとるんじゃねえかって」「いいや、俺はただ、少しは優しく、同情してもらいたかっただけだ」「てなわけでパンケーキ」とモリスは言って、テッドの前に皿を置いた。すごく美味しかった。「あんたと俺、似てると思うんだ」とモリスは言った。「二人とも、みんなに優しくしてもらいたがるし、物がふんだんにある快適な暮らしを求める。だけど違いは、そういうことが起きるって俺は自信持ってるけど、あんたは思い出せる限りずっと、欲しいと思ったものが手に入ったためしがない」「どうやったら変えられる？」とテッドは訊いた。「パンケーキで」とモリスは言った。テッドはしばし物事の流れを見失い、気がつけばリビングルームの椅子に戻っていた。セリーナがカーテンを開けていた。降霊会は終わりだった。テッドはモリスの肩に手を置いて「ありがとう」と言った。モリスはさっと身を引き、顔をしかめて、「なんでお前に礼言われるのかわかんないぜ、だいたいなんで俺、こんなところにいるのかも」と言った。「私たち誰もわからないのよ、なぜここにいるのか」とイリアナ・シルヴァーが厳かな声で言った。

よせ！

Don't!

ヴィンセントは週に五晩、地元のＹＭＣＡのプールで泳いだ。大学では競泳選手だったし、いまでも目一杯ワークアウトするのが好きだった。あいにくプールは混んでいることが多く、ほかの何人かとレーンを共有せねばならず、彼らはかならずヴィンセントより遅くて、しかもたいていは、遅いスイマーがターンするときすぐうしろにもっと速いスイマーがいたら先を譲る、という基本的なルールさえわかっていなかった。ヴィンセントはしじゅう、一時間のかなりの部分を苛々した気分で過ごすことになった。ある日、レナードという男がヴィンセントの泳いでいるレーンに入ってきた。レナードはギャングの一員で、もめ事で受けたナイフの傷の治療を兼ねて最近水泳を始めたばかりだった。すごく逞しい男だが、泳ぎは速くない。公営プールで泳ぐことに慣れておらず、ヴィンセントにとっては大きな意味があるルールのことも全然頭になく、何回もそれを破った。大きな、のろい、筋肉隆々の体でゆるゆる泳ぎ、ヴィンセントがまっとうな、ストレス解消に役立つワークアウトに励むのを妨害したのである。「おいケツの穴！」ヴィンセントはとうとう言った。「ターンするときどいてくれたらどうだ、俺はいいいいいいあんたのすぐうしろにいて、どう見てもあんたの倍以上速いんだぜ！」。レナードはプールの浅い側の端に立って、長いあいだヴィンセントのことを、解読不能な目で見ていた。これまで無数の遅いスイマーたちに向かって、ヴィンセントはいまの演説のバリエーションを口にしてきて、いつも望みどおりの結果を得てきたのであり、せいぜい「わかったよ、だけどそんな乱暴な言い方しなくたっていいだろ」と言われた程度だった。ところがレナードは、依然じっとヴィンセントを見ている。今回はやり損なったかな、とヴィンセントは思った。「ああ、いいともさ」とレナードはやっと言い、このあとヴィンセントのワークアウトは最高だった。その晩、泳ぎ終えてから、暗い道を家に向かって歩いていると、大柄の人影がこっちへ近づいてくるのが見えた。腕一本の距離まで寄ってきたところで、あのときと同じ表情のレナードの顔をヴィンセントは認識し、次の瞬間、彼は晴れた暖かい日に美しい青緑色の海で泳いでいた。四方を見ても、何マイルにもわたって誰もいないし壁もなかった。ただひたすら泳げて、心臓と肺がポンプのように働き、自分の逞しい、優美な体の奇跡に酔いしれていられた。一時間くらい経って、片手が何か前方のぼてっとしたものに擦(かす)った。レナードの足だった。ヴィンセントがしばし泳ぎを中断すると、レナードが水の中をこっちへ突進してくるのが見えた。「構わないさ」とヴィンセントは思い、別の方向へ進んでいった。何しろこんなに広大で、美しく、澄んで波もない海なのだ、二十五メートルプールの狭いレーンとはわけが違う。新しい方向に十ストロークばかり泳いだところで、また同じぼてっとしたのろい体の足が目の前に現われた。「あれ、何か変だぞ」とヴィンセントは考えた。「ちょっと方向感覚が狂ってるみたいだな」。それできっちりUターンして、レナードから遠ざかる方向に泳いだ。また十ストロークばかり泳いだところで、ふたたびレナードの足にぶつかった。「うーん、どうやってだかわからないけど、とにかくこいつ、わざとやってるな」。それでレナードのかかとを強く叩いて、その泳ぎを止めた。レナードが「今度は何の用だ？」と言った。「あんたこんなに広い海で泳いでるんだぞ、俺の目の前で泳ぐのはやめろ！」。二人の男は立ち泳ぎで浮かび、四方ははるか水平線まで海に囲まれ、水の深さは一万メートル近くあった。「お前な、俺に二度そんな口利いちゃ、ただじゃ済まないぜ」とレナードは言い、ヴィンセントの腹をナイフで刺した。これまで知ったどんな痛みよりもずっとひどい痛みをヴィンセントは腹に感じ、ズブズブと海底に沈んでいった。いまにも肺が破裂すると思ったところで、ふっと気がつくとふたたび水面を泳いでいて、何の邪魔もなく、最高の気分だったが、やがてまたたまたまレナードの足に触った。レナードは向き直ってふたたびヴィンセントの腹を刺し、ふたたびものすごい激痛が訪れ、ヴィンセントはふたたび海底に沈んでいき、それからふたたび水面でのんびり楽しく泳いでいた。レナードにぶつかり、刺され、苦しみ、沈んで、元に戻り、泳ぎ、等々がくり返された。毎回、レナードに鉢合わせするのを避けようとしたが避けられなかった。六回目くらいで、「頼む、やめてくれ！」とどうにか声が出せたがまた同じように刺され、これがまた何回か続いた末、「どうしたらあんたを止められるんだ？」とまで言えて、レナードも今回はすぐには刺さず、こう答えた――「世間の連中は俺のことを憎んで、恐れて、俺に従って、俺を敬って、愛しさえしたけど、誰一人俺を理解して、優しく接してくれたことはない。それをやってくれ」。それからレナードはふたたびヴィンセントを刺し、次の回も同じだった。「だってあんたは俺に、全然優しくなんか接してないじゃないか」と次の回ヴィンセントはどうにか言った。「でも俺はお前のことを理解してる」とレナードは言った。「そうなのか？」「そうさ、これは俺がお前を理解してるってことだよ」とレナードは言ってヴィンセントの腹を刺した。「あんたを理解するために俺は何をしなきゃいけない？」と次の回にヴィンセントは訊いた。「それは言えない。自分で考え出さなきゃいけないんだ」。どうやってレナードを理解したらいいか、ヴィンセントは考え出そうとしたが、何しろ三十秒ごとにすさまじい激痛に襲われて溺れていくとあっては何を考えるのも難しかった。刺されるサイクルはその後数日とぎれずに続いた（少なくともヴィンセントはそのように認識したが、太陽はいつもだいたい同じ高さで照っていた）。

とうとうヴィンセントは、両腕をレナードの体に巻きつけ、「頼むよ、どうやったらあんたが俺を刺すのをやめるように手伝える？」と言った。レナードはヴィンセントをハグし返した。

二人とも足を動かし立ち泳ぎしていて、広漠たる海の中でたがいに抱きあい、しくしく泣いていた。今回は刺し方もいつもより優しく、場所も胸ではなく背中であり、ヴィンセントはそれを進歩と捉えた。

どこでもない

Nowhere

どうやってここに来たのか、これからどうしたらいいのかあたしにはわからない。通りかかる車も見当たらない。一台通るのにあと何時間もかかるかもしれない。空気は冷たくて手も足も顔も感覚がない。道路の両側の野原には一メートル近く雪が積もっていて、見渡す限り人、鳥、リス、何も見えない。こんな晴れた日にこれだけ雪ばかりだと目が痛くなってくる。いままでこんなこと、なかったと思う。目が覚めたら真っ昼間で知らないところに立っていて、どうやってそこに来たかもわからないなんて。この直前の記憶って何だろう。あたしは春に裏庭で母さん父さんと一緒にいて、うちの犬と遊んでいる。父さんは芝生に寝転がっていてあたしが父さんの上にのぼって母さんがそれを写真に撮る。でもいまのあたしは大人の女で、何歳かもわからない。暗い部屋の暖かいベッドに横たわって隣には心優しい男がいてそばのベビーベッドで赤ん坊が眠っていたらどんなにいいだろう。車が一台近づいてきて、停まろうとしている。若い男が降りてきた。「さあベイビー、車に戻れよ、パパと一緒にあったかいおうちに帰ろうぜ。これからは優しくするって約束するからさ」。あたしはほかの車、ほかの生命の徴候はないかとあたりを見回す。何もない。あたしは彼の抱擁に向かって歩いていく。あたしはこの男と一緒に家に帰るだろう。赤ん坊はいないだろうしこの男が優しくはしてくれないだろう家に。

お前なのか？

Is That You?

ある日デレクはアマゾンのジャングルを歩いていて、迷子になった。怯えている彼の太腿を、何かが嚙んだ。虫だ。黄色と赤で、羽の幅が彼の手くらいあって、口も開閉するのが見えるくらい大きい。デレクは丸太に腰を下ろした。彼と父親は、親子としては並外れて仲がよかった。この南米旅行にも二人で来ていて、父親は前の晩、一過性脳虚血の発作を続けて何度も起こしたのだった。父は目下キャビンで休んで、地元のシャーマンに看病してもらっていて、今日のジャングル散策はデレク一人でやっている。虫の毒液がデレクの血と混じりあった。キャビンの内部がデレクに見えた。藁布団の上に、父親が横になっている。父の顔が上下左右に動くのが見え、やがて動いているのは父親の顔ではなく自分自身であることをデレクは悟った。というより、それは彼を押さえているシャーマンの手だった。そしてデレクは「彼」ではなかった。デレクはデレクではない。デレクは彼を噛んだ虫の毒液であり、それが水と、いくつかの植物と混じりあい、その混合物を父親がいま飲んでいる。デレクは父親の血流のなかに取り込まれた。赤い丸太のウォーターシュート——ただし丸太はないが——に乗ってデレクは父親の心臓に入り、放出された。デレクは父の頭の中に入って、デレクについて考え、息子が早くキャビンに帰ってこないかと願い、まったくあの馬鹿息子、なんだってわざわざ今日もジャングルを散策しなきゃならんのだ、と思っている。こっちは昨日の夜に卒中の発作を起こしたってのに、何もそこまで予定に固執しなくたって。おお息子よ、帰ってきたな、二度と離れないでくれよな、父さんもう衰えてきてお前が必要なんだよ。あのね父さん、僕も自分の人生を生きなくちゃいけないんだ、父さんこの旅行僕と来るべきじゃなかったんだよ、来ないでくれよって僕言っただろ。デレク、頼むから怒らないでくれよ、父さんもすごく申し訳なく思ってるんだよ、父さんどうやら死ぬらしいよ。大丈夫だよ父さん、僕はここにいるから、僕はここにいるから。

ああ、ドクター！

Oh, Doctor!

いまは朝の八時半、ランディは頭痛がするので、誰もいない診療室にもぐり込んで診察台の上に横になり、誰か患者が来て邪魔されませんようにと願った。ランディはアーバンメド、予約なしで利用できる緊急治療施設を全国十四都市に持つ、二〇一七年までにさらに十都市に進出を計画中の会社に勤務する内科医である。以前は救急室に勤務したこともあるし、自分のクリニックも開業したが五年で畳み、そしていまはこの、同じ患者を二度診ることはめったにない場所で働いている。かりに二度診るようなことがあったら、それってどういう関係だ？　ランディには喘息がありフケが出ていて顔も歳より早く皺だらけになっていて、こいつは運に見放された不幸な奴なんだと人々は考えた。そのとおりだった。腕のいい、良心的な医者だったが、インターネットに載ったレビューには「人と接するのが下手」「清潔さに問題あり」といった声が上がっていた。本人としては一日二度シャワーを浴びているし、たびたび歯も磨き、診察の前にも後にもかならず壁のディスペンサーから消毒液をたっぷりつけているのに、である。幸福というものが、悲しみや怒りや不安に較べてはるかに伝染性が低いことを、ランディは徐々に思い知らされた——はじめは激しい憤りとともに、やがては鈍い、習慣的な恐れの念とともに。次は何が控えているのか？　遠くの砂漠かジャングルでの勤務か、難病か、それとも早死にして、ごくわずかの人につかのま悼まれてあっという間に忘れられるのか。看護師の——あるいはひょっとして自動人形の——メリンダが患者を診療室に連れてきた。ランディはあわてて診察台から起き上がった。「あ、すみません、ドクター・エクトコン」とメリンダは、言葉が伝える正確な表示的意味のみをきっちり運ぶいつもの声で言った。「ここにいらっしゃるとは知らなかったもので。ミセス・ヴァーサラナドを診ていただきたいんですけど空いてらっしゃいますか？」「すぐ誰かに対応させますから」とランディはメリンダが連れてきた愛想よくニコニコ笑っている老婦人に向かって言った。そしてメリンダのあとについて部屋を出て、ドアを閉めた。メリンダは廊下を歩いて立ち去ろうとしていた。「ちょっと待って！」とランディは言った。メリンダはふり向いた。「はい、ドクター・エクトコン？」と言うその無感情な口調は、彼の興奮を暗に責めていた。「患者の前で、私が空いているかどうか訊いちゃ困る。私はいま見るからに空いているわけだが、あの患者は診察したくない。あの人のことは知りすぎているから」「すみませんドクター、ほかのドクターはみんな別の患者を診ているんです」。この女性はオーガズムを感じたことがあるんだろうか、母親に死なれた経験はあるだろうか、あるとしたらそのとき何らかの感情をさらしただろうか。彼女はそこに立って、揺るがぬまなざしでランディをバラバラに解体している。ランディは「わかった、私が診る、もう行ってよろしい」と言った。そして診療室に戻った。老婦人は誰にも言われていないのにブラとパンティだけになっていた。「ランディ——あなたのことランディって呼んでいい？——六十八歳の女が更年期になるなんてありうるかしら？」「いいえ」「じゃあどうしてあたしは熱っぽくてめまいがして、ほとんどいつも何かだるい感じがするのかしら？」「まず診てみましょう」「ところで、あの人、あなたのこと好きなんだと思うわ」「え？」「あの看護師よ、口の代わりに平たい線が一本ある人」。ランディは聴診器を彼女の背中に当てて「息を吸って」と言った。「それにあなた、あたしたちが部屋に入ってきたら顔が赤くなったわよね、あれってあたしのせいじゃないわよね」「喋るのをやめて息を吸ってください」「あたし、息を吸うのやめてないわよ。あなた、自分の人生をどうしたいの？」。水道も電気もないあばら屋で開業医をやりたい。標高一五〇〇メートル分歩いてのぼる必要がある場所へ歩いて往診に行きたい。「何やるにしても、あの人を一緒に連れていきなさい、あの人をここから連れ出すのよ、あの人の体の最後のひとつの神経細胞が麻痺してしまう前に。わからないの、あの人がここを出たくてたまらないことが?」。ランディは聴診器を床に投げつけた。「喋るのをやめなさい!」と彼は叫んだ。「何であなたはあの人に喋らないの?」とミセス・ヴァーサラナドはひるまず答えた。ランディは「どうやって喋ったらいいかわからないんですよ! 万里の長城みたいじゃないですか、彼女」と言った。「メッセージ送ればいいのよ」とミセス・Vは言った。「早く、携帯出して、ディナーに誘うのよ。考える前にやるのよ」。ランディは言われたとおりにした。「さあ、携帯をこの診察台の上、あたしの老いた脚の隣に置くのよ。見ちゃ駄目。目を閉じなさい。この瞬間を楽しむのよ、たったいま自分が興味深いことをした瞬間を」。ランディは目を閉じたまま長いこと立ち、腰の揺れを最小限に保って廊下を歩き去っていくメリンダの姿を思い浮かべた。「それと、あたしにパーコセット〔※鎮痛・解熱薬〕処方してくれる?」ミセス・Vが訊いた。「来月また来るまでの分、五十でいいわ」。ランディは処方箋を書き、相手に渡すと同時に彼の携帯がディンと鳴った。ランディはそれを手に取った。メリンダからの返事で「イエス!」と書いてあった。その感嘆符はランディの心臓へのアドレナリン皮下注射だった。

Jデート

JDate

メキシカン・レストランのパティオでマットの向かいに座ったとたん、セアラは愕然とした。インターネットのデート・プロフィールでのマットは、すごく優しくて、知的で、内省的で、ハンサムに思えたのだ。決めつけはしないよう努めたが、デートをするなら相手には髪、手、Tシャツを洗ってきてほしいし、握手しようと彼女に手をのばしたとたん携帯が鳴り出したときに「クソッタレが！」と言って電話に出て元妻相手にパティオじゅうに聞こえる声でどなりあいを始める——なんてことはやめてほしい。下働きの男の子が二人のグラスに水を注ぎ、マットが電話に向かって「じゃあ何か、お前はあの阿呆と二人で映画に行きたいから、たったいま俺の家にジーナと犬を置き去りにしてきたってのか?」とわめいた。マットは電話をテーブルに叩きつけた。「信じられん」と彼はセアラに言った。セアラとしては「ほんとに信じらんないわよね」と言って席を立ってこの狂人を置き去りにしたかったが、タイミング悪くウェイターがオードブルの注文を取りに来た。「シュリンプ・ディアブロ」とマットは言い、セアラは「私も同じのを」と言った。「わかってると思うけど」とマットは言った。「俺はあと十分でここを出て、娘のジーナと、元妻が買ってやった馬鹿犬の面倒を見なくちゃいけない。ふざけやがって!」。マットはセアラから目をそらして、しかめ面を浮かべた。セアラは動けなかった。シュリンプが来るまで、二人はそんなふうにじっとしていた。マットは自分のシュリンプを薄汚い指で食べた。セアラはシュリンプに触れもしなかった。彼女はベジタリアンだったのだ。最後のスパイシー・シュリンプを口に入れたまま、マットは「俺、金持ってくるの忘れたんだ、あんたにこれ払ってもらわないと。もう俺行かなきゃならん、勘定が来るの待ってられない」と言った。セアラは金をテーブルの上に置いた。こういうときたいていは、もう一人のセアラが、ゾッとした思いで「あんた、何やってるの?」と見ているのだが、今回はそれもなかった。マットは立ち去りかけていた。彼が振り向いた。「あんた、来るのか、来ないのか?」。セアラは立ち上がり、二人でマットの家までの十ブロックを歩いていった。マットは玄関を開けると、家の裏手に回っていった。セアラはリビングに行って、黄土色のスウェーデン風カウチに腰かけた。家は二十世紀中葉風モダンが最近改装されていて、家具は多くないが快適そうで、壁や冷蔵庫には子供のカラフルなお絵かきが貼ってあり、そこらじゅうにマットと、美しい幸せそうな若い女の写真があった。二人は山の中や海辺ではしゃぎ回り、ニコニコ、ケラケラ笑っていた。三十分後、マットは綺麗なドレスシャツにスラックスという格好で現われ、髪も洗ったばかりだった。「娘はもう寝た。僕のふるまい、最低だったよ。ぜひ償いをさせてほしい。角を曲がったところにすごくいいフレンチ・ビストロがあるんだ、電話で注文すれば十五分で届くよ。うちにはとびきりのピノ・ノワールがあるし、謝らなきゃいけないことはたっぷりある」。セアラはうなずいた。「あとは、裏手にいる馬鹿犬だけチェックしとかないと」。彼は部屋から出ていった。また三十分が過ぎた。犬が入ってきた。セアラの倍の大きさの、アイリッシュ・ウルフハウンドだった。名前はドルフといった。セアラが耳や首を引っかいてやると、ドルフはほおひげを彼女の顔になすりつけ、毛だらけのたくましいあごを肩に載せてきた。マットがよろよろと入ってきた。ピノ・ノワールのボトルを握りしめていて、もう四分の三はなくなっていた。「これでもう謝れるけど、ディナーはまだ注文してない。まずは注文するよ」。ドルフがカウチに跳び乗って、その巨体をセアラと、彼女が寄りかかっていたクッションとのあいだに押し込んできたので、セアラはマットの方に押される格好になった。セアラは立ち上がった。「わかったわマット、あたし帰る。ドルフを連れていくわ」「だってその犬、俺の娘に必要なんだよ！」「いいえ必要ないわ、犬を飼うのはいまの彼女には無理よ、あんたたちの誰にとっても無理なのよ。ありがとうマット、大事な晩だったわ。これ本気で言ってるのよ、あたしいろんなこと学んだわ」。マットはカウチにどさっと座り込み、両手で頭を抱えた。セアラが玄関先で待つあいだ、ドルフは両の前足をマットの膝に押しつけ、彼の顔を舐めた。それから犬は首を回して、意味ありげな目付きでセアラを見た。「うん、わかったわドルフ、あんたは裏手に戻ってもう一晩だけ、いつものちっちゃな小屋で眠んなさい、あたしはここでパパと寝るから」そう彼女は言って、服を脱ぎはじめた。

他人

Other People

アーサーは父親との約束に遅れそうだった。高速道路で、地平線まで続く、まったく動かない車の列に閉じ込められていた。アーサーのすぐ右の車の女性は、ふくよかな唇、細長い指で気だるげに煙草を喫っている。極寒の三月の空気にも、窓は全部開けている。アーサーの車の窓は閉まっていた。女性の顔は、痩せこけているとまでは言わないが、彼女が苦しんでいる人間であることを伝えるくらいこけてはいた。顔の肌は、唇以外は緊張してぴんと張っていた。唇は、リラックスしている。アーサーは煙草を喫われるのが大嫌いだったが、彼が想像したこの女性との暮らしの中で彼女が喫うのは許容しようと思った。苦しんでいる彼女を上手く慰めることができれば、自分も慰められるだろう。四十三歳にもなって、そんなことを夢想していたが、といって、助手席の側の窓を開ければ、下心が見え見えにちがいないし、すでに自分たち二人の将来の生活の無数の細部が見えてしまっていたこともあり、窓を下ろしたとしても、何と言ったらいいか、どう体を動かしたらいいかわからないだろう。と、女性がこっちを向いて彼を見て、煙を窓の外に吐き出した。喫い終えた煙草をぴっと指で、眉を一瞬上げながら弾き飛ばした。うしろの車の男がクラクションを鳴らしたので、アーサーがあわてて前を見ると、前の車は二十メートル離れていて、列全体が崩れ、動きはじめていた。アーサーはアクセルを踏んで、女性の方に目を戻した。彼女の車も、一緒に加速している。女性はもう一度ちらっと彼を見て、笑顔を浮かべもせず、ただ単に自然な、リラックスした状態にある自分の唇を彼に向けていた。そして左手を上げて、よくあるたぐいの、小指から始まって指が一本一本動いていく、戯れるようなしぐさをしてみせた。アーサーの方は、これ以上彼女を見ていたら車をぶつけてしまいそうだった。それに、父親に電話して、遅れると知らせないといけない。父の返答は短いうなり声だったが、それは怒っていてぶっきらぼうなのではなく（というか、ぶっきらぼうなのはいつもだった）、しばらく前に脳卒中を起こしたからだった。八時―四時勤務のホームケア・ワーカーが、アーサーの父親の住む大きな郊外住宅の玄関を開けた。着ている色褪せたポリエステルのスモックには、陽気に浮かれた漫画猫が何匹もプリントされている。脳卒中以来、女性のヘルスケア・ワーカーたちは父親の生活の一部となっているが、彼女たちに見られるこうしたデザインの流行を、アーサーは戸惑いの目で見ていた。「一言言っときますけど、あたしは掃除に雇われているんじゃありませんからね、入ったとたん何だこれって思うでしょうけど、あなたがお父さまを説得してくれないと――誰か雇わないといけないって」と彼女は言った。女性はたぶんアーサーと同年配で、老けて見えたが、公平を期して、この女性と一緒の人生も想像した。彼女もやはり喫煙者であることはスモックの臭いでわかったし、彼女相手の暮らしでそのことは大きな不満の種となるだろうし、心配の種でもあるだろう。彼女の、そして彼自身の健康に関する心配の種。彼はこの女性を嫌うようになり、向こうも彼を嫌うだろう。二人とも慢性的に咳き込むようになり、それがどんどんひどくなるだろう。彼らは肺気腫を患い、じわじわ一緒に死んでいくだろう。カップルとしての不幸な年月の、肉体的苦痛に満ちた最後の日々、二人のあいだに強い連帯感が育っていき、それは愛と――死によってのみ解消される愛と――認識するほかないだろう。死はまず彼女に訪れ、それから、甘美に悲しい三か月ののち、彼にも訪れる。父アーサー・シニアの小部屋に入ると、食べかす、猫の毛、猫のトイレの臭い、毛玉がひと月前からくっついたままの猫たちそのものから成るゴミ溜めだった。アーサーは父の向かいの、クッションの載った椅子に腰を下ろした。父はアーサーの自動車より高価な、ハイエンド車椅子に座っている。テレビは点いておらず、父の手には本も雑誌もなく、目の前にチェスボードが置かれてもいないし、残った認知能力を延命させるための老人相手の愚にもつかぬゲームもない。アーサーが父親に会うのは半年ぶりだった。父の顔の皮膚は垂れてひだを作り、目はヤニが出て充血していた。「でさ、父さん、悪かったよ、なかなか来れ――」アーサー・シニアは、まだ利く方の左手を上げて制止した。「まあとにかく、呼んでくれたからには、何か……」「むぅぅ」とシニアはしわがれ声を発した。これが卒中後の、父なりの言語である。そして父は自分の膝を見下ろした。見ればそこには、書類がどっさり入ったフォルダがある。「むぅぅ！」ともう一度しわがれ声が上がった。「これに目を通せ」の意味だ。アーサーは父の許へ寄っていき、膝からフォルダを取り上げた。父はアーサーの手首をがばっと、利く方の手で摑み、「むぅぅ」とささやいた。いまこの瞬間は、父と子のあいだの厳かな時だということだろう。アーサーは椅子に戻った。猫が一匹、フォルダに代わってシニアの膝に跳び乗ったが、邪険に追いはらわれた。アーサーはフォルダを開けた。書類の束の一番上に、一ページだけの遺書があって、父の資産の九十パーセントは動物愛護協会に、十パーセントは息子に遺すとあった。アーサーはこの事実を呑み込もうとしたが、上手く行かなかった。頭が麻痺してしまって、ここから立ち去りたかった。フォルダを閉じ、立ち上がろうとすると、父が「むぅぅ」と言った。「残りの書類も見ろ」の意味だ。その後十分かけて、そうした。およそ九千万ドルに達する持ち株の詳細が記してあった。父が亡くなると、そのうちの九百万ドルから税を引いた額が、アーサーのものになるのだ。「父さん、ねえ……わお、僕――」シニアがふたたび手を上げて制止してから、その手で自分の膝を指した。アーサーはフォルダを戻した。シニアは握手を求めて左手を差し出した。アーサーの心に優しい気持ちがあふれ、彼はそのできるだけ多くを、つかの間の手の接触を通して父親に伝達しようと努めた。シニアがうなずき、それを受け止めたことを伝えた。小部屋を出ようとアーサーが敷居をまたいだところで、父が「むぅぅ、ぬぅぅ」と言った。「賢く遣うんだぞ」か、「愛してるぞ」か、あるいは「金」という意味か。「掃除の人、雇いますよ」とアーサーは、キッチンにいたホームケア・ワーカーの疲れた顔を見ながら言った。その顔には不快と苛立ちの表情が、デフォルトで貼りついている。夕方近く、砂利道の車寄せを歩いて、車を駐めたところまで行くと、春初めての雪が降りはじめた。アーサーは、キッチンテーブルの上でホームケア・ワーカーとセックスしてその四十五分後には自分も相手もすっかり満足したまま立ち去る、なんてすべを心得てはいない。そのことが残念だった。世の中、そういう男もいるにちがいない。

アフガニスタン

Afghanistan

井戸は涸れていた。ベッツィは中を覗き込んだ。ひたすら黒、もやっとした悪臭。姉のテリーサは嘘をついていたのだ。彼女たちの両親は、アフガニスタンで戦うために志願入隊なんかしていない。キッチンテーブルの上に開けっ放しになっていたテリーサの携帯メールは、病院の精神科医からで、テリーサはその病院に母を入れたのだ。「ドナにはいまも毎日鎮静剤を投与しています、また前のように……」もうその先は読まないことにベッツィは決めた。何かをしないよう、瞬間的に意志の力を働かせることなら得意だ。何年か前に、パパとベンガル虎ごっこをしていたときもそうだ。彼女はパパの喉を嚙もう、引っかこうとし、そのたびにパパは彼女を天井まで持ち上げ、ベッドに投げ飛ばした。三度くり返すと、彼女はもうやりたくなかったが、パパはまだやりたいみたいだったので、もうやめたい、と言う代わりに——やめたいって言うのはあんまり得意じゃなかった——ふたたびパパに飛びかかり、パパに投げ飛ばされると、意志の力を使って床に落下し、腕の骨を折ったのだ（「尺骨に細いひびが入っただけです、子供の骨はすぐに治りますよ」）。ベッツィはまた、自分や両親や姉について医者が言ったことを記憶に留めるのも得意で、意のままにそれを呼び戻すことができた。「身体疾患！」と彼女は井戸に向かってわめき、ママが腹を押さえてベッドに横たわっている姿を思い浮かべた。「衝動制御行動障害！」と彼女はわめき、テリーサがカッターで自分の右太腿に刻んだ赤いハートのことを考えた。「肝硬変！」「誰だ、上にいるの？」と井戸の底から声がした。ベッツィは答えなかった。「ロープを投げてくれるか？」。ロープなんか知らない——この井戸だってつい二日前、家の裏庭の向こうの空地で、灰色がかった茶色のキイチゴの茂みの真ん中に見つけたばかりなのだ。と、背後の、棘だらけの草の茂みを通って、足音が近づいてくるのが聞こえた。ふり返ってみると、テリーサだった。「上げちゃ駄目よ、パパは下にいる方がいいんだから。うちへ入って夕ご飯食べなさい」。テリーサは家の方へ戻っていき、ベッツィもついて行った。今年姉は家を出て大学に通うはずだったのだけれど、結局家に残って、ミニマートで仕事を見つけ、ベッツィの世話をしてくれている。テリーサはショートパンツをはいていた。歩きながらベッツィは、ハートやらピースサインやら全然言葉になってないアルファベットやら、太く青白い傷あとでいっぱいの姉のたくましい両脚を眺めた。それから自分の痩せこけた脚を見下ろすと、キイチゴの茂みを通って出来た、浅い引っかき傷のまばらな網目が見えた。パパとママが兵士なんだったら、あたしとテリーサだってそうだ。「テリーサ?」「なぁに、ダーリン」「あたし九歳だよ。もうあたしに嘘つかなくていいよ」

愛（Ⅰ）

Love [I]

ランスの感情は自分の身に起きていることと一致したためしがなかった。誰かが彼の足を踏んづけて肩を彼の肩にぶつけて謝りもせずそのまま行ってしまっても、ランスは幸福だと感じ自分が愛されている気になるのだった。それはけさのことだった。その仕打ちをしたのは兄のバートだった。ランスは向き直って口を開き、「それってちょっとひどくないか」と言ったがそれはその言葉が真実だと信じていたからではなく、バートがそういう反応を望んでいることを理解しているからだった。バートはナーフのフットボールをランスの開いた口に押し込み、ランスをカウチに押し倒して、ぴょんぴょん跳んで彼の腹部を何度も踏んだ。それから立ち上がり、兄という人種の行く、弟たちの想像を超えた神秘なる場所へ去っていった。昼食が出来た、と母が二人を呼んだ。母はとても料理が上手で、特に息子たちのために食事を作るのが大好きだった。ランスはキッチンに入っていって、父の隣に座り、泣いている父の頭を撫でた。

敵の家

The Enemy's House

「急げ、ぐずぐずするな」男は息子に言った。彼らは山の中腹をとぼとぼのぼり、向こう側を下っていった。道などありはしない。雪がどんどん積もってくるなか、マツの木や低木の茂みのあいだを進んでいくのだ。ライフルが背中で揺れた。谷間に一軒、明かりが灯っていて煙突から煙も出ているキャビンが見えた。それは男の敵が住む小屋だった。空が薄暗くなってきた。彼らは離れた場所に立ち、ライフルの照準器を通して、ネルのシャツにブルージーンズという格好の敵が二つの部屋をのろのろ行き来するのを眺めた。敵は白髪頭で、この人物が過去に何をやったかを知らなければおよそ無害に見えた。二人はライフルを構えてキャビンに近づいていった。キャビンの住人が入口に出てきた。「そいつはあっちに置いとくといい」。三人は食事用の部屋に入っていって、日曜の夕食を共にし、男と少年は家に向かって歩きはじめた。ひとつ目の丘のてっぺんに着くと、男は「今度会ったら祖父(じい)ちゃんにお礼を言うんだぞ」と言った。

顔には出さねど

Even Though I Don't Show It

ある夏の夜イアンは、自分の人生に思いをめぐらしながら森の中の小径を歩いていた。遠くの方でクリーガー爺さんの家のプールが満月に照らされているのが見えた。イアンは柵を跳び越えた。プールの縁に立って、服を脱ぎ、水が撥ねないようそうっと水の中に入った。闇に向かって潜っていき、肺から空気を吐き出した。底に横たわって、上に広がる水が何かを語ってくれるのを待った。精一杯長く底にとどまろうと頑張った。肺が痛み、やがて体じゅうが痛んだ。水面に上がっていって、息をしようとゼイゼイ喘いだ。頭上にはクリーガーの寝室の窓があって、くすんだ茶色の長方形の光は老人の弱々しい生命力のようだった。誰かがよたよたと近づいてきた。イアンはあわてて服を摑んで逃げた。十三のときと違って、捕まるわけには行かない。「お願い、助けて！」その人物は叫んだ。大人の女性か、女の子か。イアンはプールのデッキで裸のまま凍りついた。「助けてって言ったのよ！　あたし、ジェンナ・クリーガーです。お祖父ちゃんが死にかけてるの」。イアンから一メートル半のところに、両脚を開いて立ち、体を横に傾け、イアンを頭から爪先までじろじろ見ている。イアンは「君、酔っ払ってるのか？」と訊いた。「うん」「君、いくつだ？」「十五」。イアンはポケットから携帯を取り出して911番にかけた。「駄目！」とジェンナが叫んだ。「お祖父ちゃん、それは望まないの。安らかに死にたいって言ってるの。家の中に来てくれればいいのよ」。イアンは電話をしまった。ジェンナは指をイアンの二の腕に食い込ませ、玄関に向かってよろよろ進み、彼の体をねじるように引っぱっていった。「君の両親はどこにいる？」「シベリア」「懲役か？」「休暇」「なんで君、酔っ払ってる？」「なんであんた、馬鹿なの？」。二人はリビングルームのくたびれた家具や黄色い壁の前を通って階段をのぼって行った。老人はベッドの上に横たわり、口をあんぐり開け、窓の外に見える月の方に潤んだうつろな目を向けていた。汗をかいていて、一息ひと息に苦労していた。喉で液体がゴロゴロ鳴っている。イアンは薄暗い茶色の部屋の真ん中に立ち、背後ではジェンナが壁の方に引っ込んで背中を壁に押しつけた。「で、どうする？」とイアンは訊いた。「話しかけてよ」「ミスター・クリーガー、イアンです。覚えてますか、十八年前の夜にプールで泳いでたところをあなたに捕まって、翌日芝刈りをやらされて、高校のあいだ僕ずっと毎週土曜におたくの芝を刈って、うちの両親が別れた夏に、ここに居候させてもらいました。大学へ行ったんですけど二年で辞めちゃいました。この街には十二年前に戻ってきました。いままで挨拶にも来なくてすみません」「うん、きっとこれで気が晴れるわ」ジェンナは言った。いつの間にか壁を下って隅の床に座り込んでいる。エリス・クリーガーがベッドの上でがばっと起き上がった。イアンからジェンナに目を移し、また戻った。「子供たち、来てくれて嬉しいよ。こっちへ来て手を握っておくれ」。イアンがベッドの片側に回り、ジェンナがもう一方の側に行って、古い手袋の中に入った羽毛で出来ているみたいな手をそれぞれ握った。歯のない顔でクリーガーはニッコリ笑った。若い二人は顔をそむけた。老人はまた枕に倒れ込んで苦闘を再開し、吐く息は長い、音のない悲鳴だった。息が止まった。イアンとジェンナはベッドの両側に一分、二分と立っていた。ジェンナはかがみ込んで、唇を祖父のおでこに当てた。「今度はあんたよ」と彼女は言った。イアンはクリーガーのおでこにキスし、と同時にキスしないよう努めた。何事につけてもこれがイアンのやり方なのだ。「来て」ジェンナが言った。そして彼女は階段を駆け降り、玄関から出て、芝生を越えていった。イアンもついて行った。ジェンナはプールの縁に立った。「あたし、あの人のほんとの孫じゃないの。あの家に押し入って、スコッチをボトル半分飲んだところで、二階であの人が死にかけてるのが聞こえたの」「救急車は呼ぶなって言われたのかい?」「ううん、だけどもし救急車が来たら、ほかの人たちと同じ死に方するわよね。人はみんな自分の死に方が必要なのよ」。彼女は服を脱いでプールに飛び込んだ。イアンもあとについて、服も携帯もそのままで飛び込んだ。プールの底でジェンナを探したが水は真っ暗で見つからなかった。彼女が存在しないということもありうる。いろんなものが実は存在しなくても、イアンとしてはそんなに驚かないだろう。

癒し（Ｉ）

Healing [I]

ヘンリーの肘が滑液包炎（かつえきほうえん）になった。レイキ（霊気）の施術師に行ったところ、彼女は両手をお碗のように丸めて、痛む肘の近くにかざし、ヘンリーに命じた。肘を思い描きなさい、そして次に、真っ先に頭に浮かんだ人の顔を思い描きなさい、と。「肘の中に、その顔を思い浮かべるんです」と、ルーシーという名のレイキ施術師は言った。「口に出して答えなくても構いませんが、それは誰の顔でしょう？　その人の顔はどんな表情をしていますか？」。ヘンリーは父親の、むすっとした、口ひげの生えた顔を思い浮かべていた。「その人は何か言っていますか？」「馬鹿、何やってんだ、ヘンリー！」とヘンリーの父親は肘の中で言っていた。「で、あなたはその人にどんな言葉を返したいですか?」。ヘンリーは柔らかい、ビニールのかかったレイキ施術台の上に腹ばいになって、口・鼻・目が入る穴を囲んでいる医療用ティッシュペーパーに顔を押しつけていた。ルーシーのオフィスの、斑点模様がある、灰色の、屋内外両用のカーペットを彼は見下ろしていた。ルーシーはこのオフィスを、鍼(はり)療法士と、ロルフィング療法士とシェアしている。ヘンリーは何も言いたいことが思いつかなかった。しばらくしてからルーシーが、「いまこの瞬間、あなたに何が起きていますか?」と訊いた。ヘンリーは答えた。「わかりました、では今週はこれに取り組んでください」「これって?」「肘が痛くなったら、肘を思い描いて、顔を思い描いて、その顔が何を言うか耳を傾けて、何か言い返してみてください。来週またいらしたとき、そこから取り組みましょう。いまあなたの顔に何か表情が見えますね。それは何でしょう?」「落ち込んだ気分です」「ええ、これって辛い作業ですからね、もどかしいことも多いし、いろいろ気持ちも乱されます。でも頑張ってくださいさい、手を貸しますから」。ルーシーはさっと手早くヘンリーをハグし、ヘンリーは帰っていった。ハグのおかげで、肘も気分もよくなった。でもその晩、テレビを観ていたら、肘がずきずき疼いてきた。何分もしないうちに、ヘンリーは痛さにのたうち回っていた。オーケー、思い描くんだ、とヘンリーは思った。今回は父親の顔ではなく、ルーシーの顔が、痛む肘の中に浮かんできた。ルーシーは若くて、髪は短い茶色で、肌は艶々して、気さくにニコニコ笑っていた。その顔は、健康と、内面の美しさと、肯定的な人生観とを映し出していた。ヘンリーも、ルーシーの顔も、喋らなかった。患っていない方の手で、ヘンリーは自慰をした。そのあと肘は何ともなくなったが、次の夜、痛みは戻ってきて、ヘンリーはまた同じことをし、その次の夜も、次も……翌週、ヘンリーがオフィスに現われると、ルーシーは「で、どうでした？」と訊いた。ヘンリーはニッコリ笑った。「父親に、クソ食らえって言ってやりました。いやつまり、肘の中の父親にです、本物とはもう一年口利いてませんから」「そしたら？」「そしたら親父は赤ん坊になって、ギャアギャア泣いて、誰にも世話してもらえないんで、僕が親父の父親になったんです。抱き上げて、肘で包んでやりました、滑液包炎のある方の肘です、で、揺すって寝かせました」「で、そのあと肘はどうでした？」「よくなりました」「ヘンリー、それって進歩ですよ」「僕もそう思います」ルーシーはふたたび彼を施術台の上に寝かせて、両手をお碗のように丸め、肘から二センチくらいのところにかざした。「まあ！」と彼女は言って、さっとうしろに下がった。「どうしたんです？」「何でもないの、ただその、あなたの肘に燃えるような熱を感じて、私、びっくりしちゃって」「それってどういう意味があるんですか？」「事態が先週とは大きく変わって、すべきことがいっぱいあるっていう意味よ」

死

Death

ドロシーは悲しかった。遅刻が多い、昼食が長すぎる、ほかの販売員より住宅の売上げが少ないという理由で仕事をクビになったのだ。それにけさは七歳の息子に、馬鹿、意地悪、役立たずと呼ばれた。一年前、夫は酔っ払って車に乗り込み、フルスピードで別の車に激突して、自分も死に相手の車の運転手とその妻と二人の子供も死なせた。少なくともドロシーはもう、夫が殺した夫婦両方の両親から電話を受けてはいなかった。七十代の人たち四人が、電話で彼女にひどいことを言ったり、時にはただ泣いていたり。ドロシーはいっさい酒を飲まなかった。非難もまったくのしらふで受けとめた。学校へブルース・ジュニアを迎えに行くと、二年生の担任の先生から、おたくの息子さんはクラスで一番攻撃的でいつもほかの子たちを罵ったり殴ったりしています、私にはどうしたらいいかわかりません、等々すべて子供にも聞こえるところで言われた。ドロシーとブルース・ジュニアは黙りこくったまま歩いて家に帰った。家に入ってドアが閉まったとたんブルースは泣き出し、どうにも泣きやまなかった。一五〇センチしかないドロシーは、大柄の重たい息子を抱きかかえ、ベッドまで運んでいった。二人は緊張病みたいにぴくりとも動かず並んで横たわった。悲しみというものの意味が彼女には全然理解できなかった。この人生、自分と息子になぜこんなにたくさん悲しみが降りかかるのかも。少ししてから彼女は「すぐ戻ってくる」と言った。そしてキッチンに入り、その日メッセンジャーが配達してくれたレッドベルベット・ケーキを持って戻ってきた。ドロシーの夫に息子と孫を殺された老女が送ってきたケーキだ。ケーキには「本当にごめんなさい」とメッセージが添えてあった。ベッドの上でドロシーはブルース・ジュニアと並んで横たわり、柔らかい、湿った、ハート色のケーキを指でちぎってブルース・ジュニアに食べさせ自分も食べた。「ムム」とブルース・ジュニアは言った。「ムムム」。そこらじゅうに食べかすが飛び散った。ケーキに毒が入ってないといいけど、とドロシーは思った。凝縮された愛——それは悲しみの主成分だ——でもってこのケーキが焼いてありますように、その愛を自分と息子がいま自分たちの中に取り込んでいますように、そう彼女は祈った。あたしたちには本当にそういう愛が必要なのだ。

いい奴

A Nice Guy

死んでからというもの、チャーリーは気が楽になった。自分の灰を素材に自らを再構成すると、物事に対して肯定的な態度を持つようになりがちなのだ。いまは午前三時、彼は裸で道を歩いていて、すごくいい気分だった。「服、着ろよな！」と、非常階段で煙草を吸っている若い男がわめいた。「着るよ！」とチャーリーもわめき返し、街灯の下、ニコニコ笑って手を振った。夜は危険な場所として知られる公園に入っていった。木の茂った道をそぞろ歩き、肌に当たる涼しい夜気、足の裏に触れる土の軟らかさ、草花のかぐわしい香りを満喫した。強盗殺人犯が近づいてきて、血まみれのナイフを首に押しつけた。「やあ」とチャーリーは言った。

「お前を殺すぜ」と男は言った。「なんで？」とチャーリーは訊いて、裸の、何も持っていない自分の姿を身振りで示した。「俺はたったいま、あすこで男を一人殺して、お前はそれを見ていたんだ」「見てないよ」「うん、だけどもう話しちゃったからさ」「そうだけど、僕もう死んでるから、君には殺せないよ」。男はチャーリーをじろじろ眺め、「俺も死にたいよ」と言った。「その気持ちわかるよ。僕も生きてるときは、性格悪くて独りぼっちで嫌われ者で惨めな気分で貧乏だったよ。自分も他人もさんざん傷つけた。僕も死にたいと思ったよ、だけど自殺はしなかった、ゴミ収集トラックに撥ねられたんだ。いまになるとわかるよ、自分や他人を傷つけてもいいことないって」「ああ、そうなんだろうな。なあ、あんた、朝飯とか要る？」「オーケー」。殺人者は血のついたナイフを林に投げ捨て、二人で彼のアパートメントに歩いていった。キ広々として、清潔で、趣味の良い家具を揃えた住居だった。「これみんな盗んできたんだ。キッチンのテーブルに座ってなよ、俺、卵料理作るから。だけどまずこのジャージはいてくれよ、あんたの裸の死んだケツでキッチンチェアに座られるのはちょっとさ、革、張り替えたばかりだから」殺人者は料理が上手で、チャーリーは死後最初の食事を楽しんだ。「俺、くたくたでさ、眠らないと」と住人が言った。「オーケー、うん、朝ご飯、ごちそうさま」。チャーリーが帰ろうとして立ち上がると、男が「あのさ、これってちょっとブキミに聞こえるかもしれないんだけど、よかったら俺とさ、並んで寝てくれないかな？」と言った。チャーリーはちょっと考えた。「うん、いいよ」。二人は寝室に行き、殺人者は下着だけになって、キングサイズベッドの、ふかふかの掛け布団の下にもぐり込んだ。チャーリーも反対側に入って、仰向けに横たわった。男はするするっと寄ってきて、片腕をそっとチャーリーの胸の上に載せ、自分の体の前面をチャーリーの脇腹に押しつけてきた。窓の外、川の上に日が昇ってくると、二人は眠りに落ちた。男のすべての記憶、感情、思考をチャーリーは経験した。醜さ、惨めさ、憎しみ、虐待から成るカタログ。昼になって、彼らは目覚め、たがいを見た。「気分はどうだい？」と男は言った。「いい気分だよ。あんたは？」とチャーリーは答えた。「相変わらずひどい気分さ。あんた、もう帰るのか？」「うん」「さ、このスーツ持ってけよ」。男はクローゼットに行って、美しい青いリネンのスーツと白のドレスシャツを引っぱり出した。男はチャーリーに、下着、靴下、靴までくれた。二人は握手をして別れた。チャーリーは男の目をじっくり覗き込み、男は耐えきれず目をそらした。その暖かい晴れた午後、街をそぞろ歩きながら、服だけでなく金も要ることにチャーリーは気がついた。新しい事業のアイデアを彼は思いついた。これなら絶対儲かる。銀行に入っていって、エルナという名の融資係に、ガラス張りの気持ちよいオフィスに通された。チャーリーが彼女に笑顔を向けると、彼女も笑顔を返した。机の上に彼女の子供たちの写真があったので、しばらくその子たちのことをお喋りした。それから彼は自分のアイデアを説明した。エルナは「わあチャーリー、それってすごいわ」と言って、彼に融資申込用紙を渡した。用紙にチャーリーは、殺人者の住所を、自分の住所として記した。ほかにもいくつか、必要なところに、もっともらしい無害な嘘を書き込んだ。たとえば、死んでいるので、融資履歴なんてものはないのだから。それでも、可能な限り本当のことを書いた。「普通はこういうことしないんだけど、ちょっと行って、認可が早く下りるようにしてくるわ。すぐ戻ってくるから」チャーリーの書いた書類を持ってエルナは出ていき、少し経ってから、笑顔で戻ってきた。「認可されたわ!」「すごいね、エルナ、ありがとう」「この書類持って、表の窓口に行けば、すべてやってくれるわ」。二人はまた少しお喋りし、ジョークを交わし、握手して、チャーリーはエルナのオフィスから出ていった。エルナは机の前に座り、気持ちよさげにため息をついた。チャーリーと一緒にいた楽しさに、少しのあいだ、夫が昨夜戻ってこなくて連絡もなかったことを彼女は忘れていた。夫が十ブロック離れた公園で刺し殺されて横たわっていることをエルナは知らなかった。

癒し（II）

Healing [II]

ピートは惨めだった。周りを見回し、ハイキングコースの木々やリスたちを眺め、こいつらは一日じゅう何をしてるんだろうと考えた。「あのリスにとって、生きる意味は何だ？　一生ずっと、木の実を探して、隠して、食べて、排便して、性交して、死ぬ。あの木はもっとひどい――ただただ立って、あらゆる天候に耐えてるだけ。見ろよ、アンディとかいう奴が自分の名前とナンシーとかいう名前を幹に刻んで、周りにハートを彫った。アンディ、木はあんたのことなんか全然構っちゃいないんだよ、だから毎日毎日、自分の体に刻まれた永久の傷を通して、あんたのささやかな恋物語を思い出させられる必要があるのさ。それに、心安らかにハイキングがしたくて他人のことなんか考えたくない人間の気持ちをあんたが無視してることから見て、きっとあんたの恋愛はもう終わっていて、ナンシーもあんたを追っ払えてせいせいしてるにちがいないね」。ピートの妻スーザンは彼を捨てて出ていった。ピートは彼女を憎んでいて、彼女が家の玄関から中に入ってきて愛してるわと言って服を全部脱いで両脚を彼の体に巻きつけてほしかった。初めのころはそうしてくれたのだ。やがてピートは開けた林間地に出て、地平線に浮かぶ大きな白い雲を見た。雲は悲しい老いた女性みたいに見えた。たとえば州立のホームにいる彼の母親とか。訪ねていっても母はもはや彼のことを認識せず、彼も訪ねていくことがどんどん減っていって、そのことが良心にのしかかっていた。鹿が一頭、林間地に現われた。かつてある森林警備員から聞いたのだが、その警備員がひと夏ずっと森の中のキャビンに住んで、森にある物を食べて暮らしたとき、ある日ベリーを摘んでいる最中に鹿が寄ってきて彼の背中を舐めたという。今日のピートは鹿が背中を舐めてくれたら大歓迎だったが、彼の中にある怒りを鹿が読みとってそばに寄ってこないことはわかっていた。鹿はただそこに立ち、ピートの背中を舐めない代わりに逃げ出しもしなかった。ピートは泣き出し、それで鹿はギョッとしたがそれでもまだ逃げず、一メートルばかり離れただけだった。いまの距離は六メートルといったところ。ひょっとして鹿も今日はひどい一日だったのでピートから何らかの慰めを必要としていたのかもしれないが、何がどうなっているのかピートにはむろん知りようがない。

ピートは今日より物事がましになった一日を想像することに苦労していた。彼は岩の上に座った。そこに三十分ばかりとどまり、鹿もそばに立って、草をもぐもぐ噛み、時おり彼をちらちら見た。結局彼らはそれぞれ違う方向に歩き去った。

逃げた魚

The One That Got Away

ディーンは十歳の息子ハルと二人で釣りをしていた。父と子の営みとして、釣りはものすごく厄介だった。スキーやテレビゲームは話す余地などほとんどないし、チェスや算数の宿題なら自然に話が生まれる。釣りだと、針に餌を付けて、糸を垂らせば、あとはもう、熱い太陽の下、レンタルのモーターボートの上で座って待つしかない。相手がちゃんと反応するなら、ディーンはけっこう話し上手だったが、ハルはほとんど喋らず、ディーンのことをろくに見もせず、見てもその顔は、何か喋ってよとディーンに訴えているか、やっても無駄だよと伝えているかのどちらかに見え、ディーンにとってはどちらも同じことだった。ディーンは息子の小さな体を見下ろし、竿を持った細く逞しい腕を眺め、無数の神秘を封印しているそばかす顔を眺めた。「ママのうちで一週間、楽しかったかぃ?」。軽く肩をすくめる。まずい切り出しだ。間抜け!「いままで釣りしたこと、あるかい?」。わずかに首を横に振る。いかにも、遠ざかってしまった父親が口にしそうな質問。海の神さま、助けてください。「喋る魚、釣れるといいな」とディーンは言った。ハルは警戒するようにディーンの方を見て、「その魚、何て喋るの?」と訊いた。「こう言うんだよ、『よぉみんな、いい天気だねえ、なんでそんな浮かない顔してんだい?』」「違うよパパ、その魚、サメなんだよ、だからそいつ言うんだよ、『よぉみんな、いい天気だねえ、このボートに一緒に乗れてほんとに嬉しいよ』って、だけどそれってこっちを油断させるための嘘なんだよ、それでパパがそこに座って『いやぁ嬉しいなあ、サメ釣ったんだもんなぁ、へへ』とか言った瞬間、そいつがパパのふくらはぎ思いっきり噛んで、歯が骨まで食い込んで、僕がTシャツ脱いで脚の傷縛ってあげて、パパがいかにもサメに噛まれましたって感じの弱々しい声で『息子よ、お前このボート操縦できるか?』って訊いて、僕が『うんパパ、できるよ』って言って、ボートを運転して岸に戻って、戻りながら無線で救急医療士に連絡して、波止場に迎えに来てくれって頼むんだ。だけど半分くらい戻ったあたりでパパが、『息子よ、俺はもう駄目みたいだ』って言って、見ればボートの床一面血だらけで、それで僕は、片手で操縦しながら、もう一方の手で釣り糸を使ってパパの傷を縫ってあげて、岸に着くと救急医療士たちが『坊や、よくやった、君の父さんは助かるよ、あとは我々が引き受けた』って言うんだ」。息子がまだ何か言うかとディーンは待ったが、ハルはディーンが何か言うのを待っていた。「サメはどうなったんだ?」とディーンは訊いた。するとハルは言った。「それがね、まだ生きてたんだよ。動物管理局は殺そうとしたんだけど、頼むから助けてやってくれってディーンが頼み込んだんだ。ディーンは退院すると息子のハルと一緒にでっかいサメ用水槽を作って、リビングに置いて、水槽にサメを入れたらサメは『おいおいみんな、こんなとこに入れないでくれよ、俺は海に戻らなきゃいけないんだ、海でまた釣り上げられてまたどっかのパパを噛むんだよ。だいいち、俺が喋れるのは水から出たときだけでさ。水の中に戻ったら喋れない――うわ! ググググ』って言って、二人は水槽に蓋をするんだ、で、リビングでチェスやるたびに、怒ってるサメの方見て、二人一緒に耐えた辛い時代を思い出すんだよ」。

そのとき、ディーンは糸が引くのを感じた。

愛（II）

Love [II]

南極大陸の真夏、ハンスはまた土曜日にシャベルで穴を掘っている。南極大陸の廃棄物処理事情ゆえ、誰かが土曜日にシャベルで穴を掘らないといけない。南極大陸はもうほとんど残っていない。氷が数エーカーと、かつては堅固だった調査基地、パッとしないアザラシが何頭か、科学者十人ばかり、そして彼らを愉しませるピエロ数名、だがピエロたちはもう可笑しくない。たとえばハンス。べつにシャベルで穴を掘るから可笑しくなくなったのではない。穴だったらアーカンソーでの子供時代からずっと掘っていて、穴を掘りながら短篇映画を作ってきたのだ。ハンスを可笑しくなくしているのはシーラだ。シーラはアザラシである。シーラの心は張り裂けている。シーラは海の底に飛び込んでそこにとどまっている。以前はハンスがカメラで彼女を追い、撮影し、可愛がって撫で、魚を食べさせたが、もういまではハンスに届かないくらい深いところへ行ってしまっている。ハンスはこの場所が嫌いだ。でも北アメリカにも戻りたくない——というか、北アメリカの中で残っている部分、すなわちかつてマッキンリー山と呼ばれていた場所にも。あそこに友好的な顔はそう多くない。行っても殺される可能性は高い。いまはラーズを探しに行くことにしよう。科学者であり人間であるラーズを探し出して、ハグする——彼がどう反応するか、だいたい見当はつくのだけれど。

感謝

Gratitude

ある日曜日、ハーマンは地下室で二十五ドル合衆国貯蓄債券の小さな束を見つけた。もうずっと前に亡くなった伯母が、ハーマンが子供のころ毎年彼の誕生日とクリスマスに買ってくれていたのだ。伯母さんは名をリリーといい、一度も結婚しなかったが、スイス人の大金持ちの妻帯者と不倫し、ハーマンの母親によればその心の傷から生涯立ち直らなかったという話だった。ハーマンの十一歳の誕生日パーティで、リリーの口から大量の吐瀉物（としゃぶつ）が娯楽室のカーペットにぶちまけられた。翌朝、小部屋のカウチに横たわった状態で彼女は死んだ。ハーマンが一階に上がって合衆国財務省のウェブサイトを見てみると、債券は現在、五千ドルの値打ちがあるとわかった。嬉しさのあまり、元妻とはもう離婚したことも忘れ、彼女の弁護士に全財産を消されたことも忘れて元妻に電話し、朗報を伝えた。「ふん、それってフィリップの通ってるグリーンフィールズの今年の授業料の十分の一ね」。ハーマンは通りを下ったところにある銀行に行って五千ドルを現金で受けとり、それから隣のデリに行って宝くじを二十枚と高級な葉巻を一本買った。デリの外で葉巻に火を点け、暖かい晴れた春の日だったので、二キロちょっとの道を歩いてオーバーン・ガーデンズへ行くことにした。中に入ると、受付のトニに「あらハーマン、久しぶりねえ。元気?」と言われた。「まあね。ワンダはいる?」「それがね、あの人去年ロースクール卒業していまじゃマーキン&シャーフに勤めてるのよ」「きっとここと同じくらい給料いいいんだろうな!」「どうかしらね、クリスマスのボーナス次第ね!」。二人は笑った。「いまジゼルなら空いてるわ。まだ入ったばかりで若いのよ、きっと気に入るわよ」「ぜひ会いたいね」。トニが電話のキーを押して「ねえジゼル、ハーマンっていう素敵なお客様がいらしたの。こっち来てくれる?」と言った。程なくしてジゼルが現われた。たしかに若く、うっすらジャスミンの匂いがして、そのむき出しの腕は、マルハナバチが蜜を吸う前にしばし止まっていきそうな肌だった。「こんにちは、はじめまして」とジゼルは言ってハーマンの腕を取り、彼を連れて階段を上がり、趣味のいい、ゴミひとつ落ちていない部屋に入っていった。ハーマンはジゼルにとって、オーバーン・ガーデンズに雇われたこの二日間で三人目の客であり、彼女の人生においてもやはり三人目の客だった。ハーマンは「君、大丈夫？　緊張してるみたいだよ」と言った。「ええ、大丈夫、ただちょっと……なんにします？」「えっ、うーん、そうだなあ、久しぶりだからなあ、ただ話すってのは？」。わっと笑い声がジゼルから噴き出した。「何がおかしいの？」「なんにも！」「君、すごく疲れてるように見えるよ。最後に寝たのはいつ？」「昨日の夜は眠らなかった」「ねえ僕はさ、けさずっと地下室を掃除して、ついいましがた長い散歩をして葉巻を喫ったんだ、あとはもう昼寝するしかない。二人でただ横になって睡眠を取るってのはどうだい？」。彼らは並んで、触れあわずに横になり、四時間眠った――少なくともジゼルは。最後の二十分で、眠ったまま彼女は寝返りを打ってハーマンの体に巻きつき、それでハーマンはまず即座に勃起し、それから目を覚ましたのだった。ジゼルも目を覚まし、ハーマンのズボンの状態を見て、陰気な声で「いつでもいいわよ」と言った。「君、ほんとに金が要るんだな。なんのために？」「息子と、看護師の資格」「僕にも息子がいるよ、馬鹿みたいに金のかかる私立の学校に行ってる。それで思い出した、宝くじ買ったんだ、もう当たり番号決まったはずだよ。調べてみよう」。彼は携帯と宝くじの券をポケットから出して券をジゼルに渡した。二人でベッドの上に寝転がってたがいに向きあった。ジゼルが一枚一枚の番号を読み上げ、ハーマンが宝くじのウェブサイトに載った当たり番号と照らしあわせる。十四枚目に正しい番号が五つあり、ということは二百万ドルの当たり。二人はベッドの上で歓声を上げ、靴下をはいた足で跳び上がり、抱きあってキスした。「この券、換金しに行こう。でさ、君に半分あげるよジゼル、君は素晴らしい女の子だし、もらう資格がある」。あたしは素晴らしい女の子じゃないしもらう資格もない、とジゼルが涙声で訴え、いいや素晴らしいよ資格もあるよ、とハーマンが訴えた末に、ハーマンは券を財布につっ込み、ポケットにしまって二人で一階に下りていった。「彼女、三十分くらい借りていいかな?」と彼はティナに訊ねた。「どうぞ」とティナは言った。表はもうとっくに日が暮れていた。二人は腕を組んでクスクス笑いながら道を歩いた。デリまであと一ブロックというところで、若い男がハーマンにどすんとぶつかって失礼、と言ってすたすた歩き去った。ジゼルが「あいつあんたの財布、盗ったわよ!」と叫んだ。駆け出した男を二人は追いかけた。だが男の足は速く、ジゼルはハイヒールだし、ハーマンは葉巻のヘビースモーカーなので、泥棒はハーマンの二百万ドルの当たり券と五千ドル貯蓄債券の残りを持って逃げてしまった。ハーマンはどこかの家の玄関先に座り込んでしくしく泣いた。ジゼルが彼の髪を撫でた。「さ、ベイビー、送ってちょうだい」と彼女は言った。二人は黙って歩道を歩いていった。オーバーン・ガーデンズに着くとハーマンはジゼルの頬にキスし、帰ろうとしたが彼女が放さなかった。「ねえベイビー、してほしいのよ、ねえ」。二人は二階に上がって愛しあい、仰向けに横たわって薄暗い天井を見たが、天井は彼らを見返しはせず彼らのトラブルについても何ひとつ知らなかった。

墓場

A Graveyard

ロレッタは浮かない悲しげな顔をしていて、花壇の底、土の中に殺されて埋められている。庭はエメットという名の男性である。ロレッタを殺したのが誰なのかエメットは知らないし彼の療法士も知らない。誰が自分を殺したかロレッタは知っている。彼女は爪で土をひっかきエメットの中を上がっていく。そしてエメットの外に飛び出し、療法士の顔に貼りつく。トニーは理学療法士でありこういう訓練は受けていない。彼は窒息し、死にそうになる。トニーの中に埋められている女性ジルがロレッタに襲いかかり、二人のあいだで戦いがくり広げられる。トニーが治療室の中を見回すと、剝げかけたベージュ色のペンキが目に入る。この部屋の元来の目的（紡錘の製造）を見えにくくするために塗られたペンキである。トニーは仕事を辞め、手工芸品を作るために西部に移住する。彼の顔の上での戦いは続いていて、実はそれほど痛くないし恐ろしくもない。

悪

Evil

デニーズは浜辺を歩きながら、海の空気の匂いを嗅ぎ、港の向こうに並ぶ醜い四角いビルを見ていた。前方に子供が一人いて、絡まった凧糸（たこいと）を節だらけの木から外そうとしていた。「どうしたの？」と彼女は訊いた。「この木、僕の凧返してくれないの」と、おそらく七歳くらいだろう、子供は言った。もっと近づいてから、デニーズはその子の顔を見てみた。何かおかしい。まるっきり悪魔でも見たような顔だ。これは自分の妄想にちがいないと思って、手伝ってやろうと寄っていったが、妄想じゃなかった――一瞬あとに子供はデニーズの脚を嚙もうとし、両腕をデニーズのふくらはぎに回して歯を剝き出し、グルグルウーウーうなった。デニーズを殺したい、食べたいと思っている顔だ。デニーズは両手で子供の額を押して遠ざけた。やっと子供はあきらめて、砂漠に倒れ込み、普通の子供みたいにわあわあ泣いた。デニーズは歩きつづけた。早く車に戻りたかったが、もう一度子供の前を通るのは嫌だったので、水から離れる方向に歩き、浜辺と道路を隔てているキイチゴの奥行き三メートルの茂みに入っていった。茂みはまさに子供が嚙もうとした感じにデニーズを嚙んだ。向こう側に出たときにはスラックスに血が付いていた。急いで走って車に戻った。中で八歳になる彼女の息子が待っていた。「ママ、僕を置き去りにしたんだよ」「着いたわよって言ったのにあんたゲームに夢中で顔も上げなかったのよ」「ママ！」デニーズは息子の体に両腕を回し、抱き上げようとした。息子は抵抗し、やがて屈服した。息子は母の胸に顔を埋めてしくしく泣いた。

雪

Snow

ここはどこだろう。私はどこかを歩いていて、地面は雪に覆われ、雪が激しく降っていて、私はコートも着ていないし、ここが道路なのか野原なのかもわからない。幸い、靴は暖かいのを履いている。去年の誕生日に妻が買ってくれた靴だ。それに、ポケットに入れてある電話も妻が買ってくれたのだ。「もしもし、ハニー?」「なあに、ビル?」「僕、どこにいるのかな?」「あんた、裏庭にいるのよ、キッチンの窓から見えるわよ」「すごい吹雪だねえ。僕、何しに出てきたのかな?」「暖炉の薪を取りによ」「薪、見当たらないよ」「そのまままっすぐ行くのよ、もう少しよ」「家まで戻れそうにないよ」「あたしが迎えに行くわ」。と、妻の顔が私の顔のすぐ横にある。雪が彼女の白い髪に集まってきている。妻の名はグローリア。「中に入りなさいなダーリン、薪を取ってきてくれてありがとう」「弟の奴、なんで郵便で灰を送りつけてきたりしたのかな?」「あれはあんたの弟じゃないわよ、あたしたちの息子のランディよ、いまシカゴにいるのよ、あの子が手紙をよこして、あんた昨日、トースト焼いてる最中に手紙をトースターに近づけすぎて燃やしちゃったのよ」。私たちはいま、どこかの家の玄関口にいる。白髪(しらが)の見知らぬ年とった女が、私を中に押し込もうとしている。「押すなよ、放っといてくれよ!」「大丈夫よビル、ダーリン、中に入って暖まりなさいな。薪を持ってきてくれてありがとう」「ちょっと待って、僕、女房に電話しないと」。すると年とった女は「じゃあこの椅子に座って電話かけなさいな」と言う。「もしもし、ハニー?」「なあに、ビル?」「ここがどこだかわからないんだ」「心配ないわ、ダーリン。あたしが迎えに行ってあげるから」

訳者あとがき

収録された七十五本の短篇、どれも「奇想天外」「荒唐無稽」といった四字熟語がおのずと頭に浮かんでくるような内容である。

両親が罵りあう自宅を逃れて街をさまよう少年が、どうやらフリスビーを投げる能力があるらしい犬と出会ったあとに眠りに落ちて目を覚まし家に帰ると、家はすっかり様変わりしていて、そこにいるのはアフガニスタンで戦っているはずの兄の妻だと名のる女性で、聞けば兄はもうずっと前に交通事故で亡くなっていて……「『あなた、あの人にそっくりねえ』と女の人は言う。そうして、僕の首に両腕を巻きつけてしくしく泣き出す。それから僕たちはキスしている。いままで誰ともキスしたことないから、キスっていつもこんなふうにすごく悲しくてすごく気持ちいいのか僕にはわからない」。

腫瘍を抱えた男が医者の忠告も無視して徒歩の旅に出て、ずんずん歩いてやがて月にたどり着き、肉体労働の仕事にありつくがまったく使い物にならず、この先どうするのかと思っていたら妻が生後六か月の子供を連れて追いついてくる。「あんたの動き、けっこうゆっくりだったから」。月からどうやって帰るのかな、と男が訊くと妻は「それがねえ……あたしたち、帰らないんじゃないかしら」。

展開も奇想天外、結末も古典的なオチとは程遠い摩訶不思議なフィニッシュ。よくもまあこれだけ珍奇な流れを次から次へと思いつくものだと、驚き呆れるほかない。たとえ目覚めたら時空が変わっていようと、月にたどり着こうと、一作品を例外として改行がいっさいなされないのは、起承転結といったようにきれいに区切れる構造を作品が持たないからだ。『戦時の愛』にあっては、いつ何時、どんな変化も生じうる。

とはいえ、読み進めていくなかで、驚き呆れ感嘆する思いは、出来事や展開自体の珍奇さから、その珍奇さを語る語り口の方に移っていく。ひとことで言ってその語り口は、とても涼しげなのである。自分が何か珍奇なこと、異様なことを語っているという意識をまったく感じさせない語り口。珍奇さ、異様さを盛り上げようという姿勢はさらさらない。

だからこれらの短篇を、「幻想小説」とか「怪奇小説」とか呼ぶのは全然当たらないように思える。幻想小説、怪奇小説といったジャンルは、ある種の濃密な空気を行間から浮かび上がらせることが概して是とされる。が、マシュー・シャープの作品は、ほとんど真空の中で出来事が起きるように感じられる。にもかかわらず、その中で本物の感情がふっと現われ、またすぐ消えて、かすかな余韻だけが残るあざやかさ……。

それにまた、真空の中のように感じられるといっても、作品が現代アメリカの現実からまったく遊離しているということではない。表面的なレベルに限っても、たとえばアフガニスタン、中東での戦争はいくつかの作品で直接言及される。実際これらの作品は、作者によれば、中東からの帰還兵をめぐる長篇小説と並行して書かれたという。『戦時の愛』というタイトルもそのあたりの事情が反映しているかもしれない。もうひとつ作者の言をカンニング的に使わせてもらうなら、教師たちも恐れるフーディの少年をめぐる「黒いフーディ」は、「ブラック・ライブズ・マター」運動の引き金となったトレイヴォン・マーティン殺害事件（二〇一二年二月二十六日、フロリダで無防備の黒人少年が自警団の男に射殺された事件）への反応として書かれたという。また、大半の作品において古典的な核家族の構図が崩壊していて、不安、恐れ、戸惑いが（そして、時にはつかのまの幸福感が）登場人物の多くを包んでいるのも、二十一世紀初頭のアメリカの現実を反映していると言えるだろう。

だが、作品の手触りについての解説めいた言葉はこれくらいで十分にちがいない。何しろ、どれも超短篇である。適当にページを開いて、一つ二つ読んでみてご自分で実感していただくのが一番である。以下、マシュー・シャープが本書に取り組む以前はいかなる作品を書いてきたのかを紹介することにする。単行本になったシャープ作品はこれまでに五冊（いずれも邦訳なし）。どういう本かをごく簡単に記し、書き出しの段落の試訳を付す。

~~~~~~

Stories from the Tube（Villard Books, 1998）『テレビから来た物語』

テレビのコマーシャルのフレーズ、場面を元に構想した物語十篇。リアルな描写の中にシュールな要素がいとも簡単に入ってくる感じが面白く、本書『戦時の愛』の自在さはすでにここから始まっているのだなあと感じさせる。以下は、第一短篇"Tide"（潮）の冒頭。

「駄目よ」と「愛してるわ」――娘ジェニーに対して、私はどちらをより多く使うだろうか？　私が仕事から帰宅するたび、ジェニーはいつも何か無茶苦茶な真似をやっている。近所の男の子たちを集めて、わが家の玄関先に、木切れとレンガを使って、バイクでジャ
~~~~~~

ンプするためのスロープを作るのだ。マウンテンバイクで疾走して一方のスロープを越え、全身の骨を最低二度は折ったことがあるという評判のオートバイのスタントマンもかくやという感じに宙を飛び、二メートル離れたもう一方のスロープに着地する。男の子たちもやるけれど、リーダーはジェニーだ。二つのスロープのあいだに、えーそんなのを？　というたぐいのものを彼らは置く。たとえば男の子の一人が、ペットのアレチネズミを差し出す。あるいは、可能であれば、小さな犬をそこに座らせる。ジェニー自身は、土塊（つちくれ）で作った齧歯類サイズのお友だちをいくつか持っているが、すごく大事にしているので、彼らを危険にさらす気はない——特に、しばらく前にあることが起きてからは。動物がいなければ、人形を置くか、ドッグフードの缶のギザギザの蓋をみんなでためてある。

Nothing Is Terrible (Villard Books, 2000)『恐ろしいことなんて何もない』

両親を失ってロクでもないおじとおばに育てられている女の子（ただし両性具有的な面もあり）が、六年生の担任の女性教師とニューヨークに駆け落ちし、裏の世界の住人たちと交流する話。以下は、長いプロローグのあとの第一章の書き出し。「読者よ」と時おり呼びかけながら語る語り口は『ジェーン・エア』のパロディという観が強い。

読者よ、ここで私が「私」の「生涯」の「プロローグ」から「第一章」へと移行していくなか、ひとつお願いを聞いていただきたい。少しばかり時間を取って、自分が十歳だった年の、たとえば九月から始まる一週間のあいだ、毎日自分の身に起きたすべてのことを考えてみていただきたいのだ。やってみましたか？　本当に、本当に難しいでしょう？　私の場合、これは格別に難しい。なぜならその時期、私の精神は、私のあずかり知らぬところで、独自の忘却プログラムを開始したからである。わが精神が忘却を求めた理由は、どうやら、悲しみを自らの領域から追放するため、ということだったようだが、これについては部分的な成功にとどまった。悲しみはある程度そのまま残り、その一方で、精神的・感情的生活におけるほかのいくつかの能力が逃げ去った。たとえば、優しさ、それと日々の出来事に関する記憶。

The Sleeping Father (Soft Skull Press, 2003)『眠る父』

間違った抗鬱剤を飲んで脳の機能が損なわれてしまった父親を世話し、ほとんど父と子の関係が逆転していくなか、すれっからしの男の子が生きることの意味を見出していく。むろんマシュー・シャープらしい懐疑と皮肉の感覚に包まれているとはいえ、けっこう本気でしみじみさせる上等の少年小説。

クリス・シュウォーツは路上でフランク・ダイアルに会った。「フランク・ダイアル」はクリスにとって、喜びそれ自体の速記法になっている。それは楽な喜びではない。フランクは辛辣で、陰気で、頭の回転も速いからだ。何に対しても言葉を持っていて、感じのいい言葉じゃないことも多い。まあ当然だ、とクリスは思った。世界は感じのいい場所じゃないことが多いのだから。でもクリスにとって、言葉を正確に使える仲のいい友だちがいるのはいいことだった。クリス自身の言葉は、正確でないことも、さらには真実でさえないことも多い。しょっちゅう、行きあたりばったりにふざけたことを言うし――その気もないのについふざけてしまう――嘘も少しつく。話す言葉の正確さと正直さに関し、厳格な主義がクリスにはあって、それを守らないことを誇りにしているのだと公言している。まあとにかく、代わりにフランク・ダイアルがそれに従って生きてくれるので、自分はそれに従って生きなくていいのだ。

Jamestown (Soft Skull Press, 2007)『ジェームズタウン』

作者によれば、過去、現在、未来すべてを同時に描こうとした小説。アメリカ初のイギリス人定住地ジェームズタウンで一六〇七~八年に起きた事実に基づいて（過去）、「壊滅」を経てマンハッタンとブルックリンが果てしない内戦状態にあり、汚染されていない食べ物はほとんど手に入らぬほど環境が悪化し（未来――だと思う）、出来事の端々に9／11やイラク戦争などを想起させる混沌（現在）が描かれ、ポカホンタスが携帯電話で話していたり……。

外の世界に誰かいるなら、誰がいるにせよ、その人に――

これまでの人生ずーっとひどい日の連続だったわけだけど今日はその中のまた一日ひどい日だった。俺たち三十人あたふたバスに乗り込んで、トンネルを抜けて逃げて川向こうに出たと思ったらちょうどクライスラー・ビルが倒れて地面に呑まれるのが見えた。俺の同僚たちの嘆き悲しむ顔たるや、あの崩れ落ちるガラスと煉瓦と鋼鉄の柱よりもっと見るに堪えず、俺は膝を使って眼窩をふさぎ、指を耳に突っ込み、太腿で鼻と口を締めつけた。脳への主たる経路はそうやってしばらく閉ざされていたが、デラウェアまで来た時点でふと顔を上げると、折しもジョン・マーティンが座席の背を、ステーキナイフの狙いをジョージ・ケンダルの喉に定めつつ飛び越えるところだった。ケンダルはケンダルでブレッドナイフの狙いをマーティンの喉に定め、「何てこと言いやがる！」とわめいていた。昔の偉い、壊滅以前の哲学者は、歴史の運動を〈定立、反定立、総合〉と言い表したわけだが、俺がさんざん見てきたのはむしろ〈定立、反定立、ステーキナイフ、ブレッドナイフ〉だ。

ジョンとジョージがたがいに一度ずつ斬りつけたところで、二人ばかりが止めに入ったが、べつにそいつらも、ジョージが死ぬのを見たくないとかジョンが死ぬのを見たくないとかじゃなくて、俺たちが会社相手に〈バスの中で殺人せぬこと〉と明記した契約書を交わしていただけの話だ。バスの外での殺人も、バスの理事五人の過半数の承認を得ないといけない。その五人とゆうのが誰なのか俺たちはまだ知らない。メリーランドを出てヴァージニアに入るまで、つまり文明からその対応物に移るまで（って、俺たちがいま逃げようとしている、あるいは輸出しようとしている、あるいはその両方をやろうとしているものを文明と呼ぶべきならの話だが）、五人の名前が封印されて入ってる黒い箱は開けちゃいけないことになってる。俺はこの移動の通信専門員だ。俺はマンハッタン通信技術専門学校の卒業生で、学校では言語学、外交術、タイプ、モダンダンス、電気通信学、棒（長・短）闘技の修了証を取得した。

You Were Wrong（Bloomsbury, 2010）『君は間違っていた』

死んだ母の夫の家に居候している、あらゆる面でパッとしない高校数学教師の前に、泥棒を自称する若い女が現われたり、高校で教えた元生徒二人に暴力を振るわれたり、ロクなことは起きず新しい人生が拓けるなんていうことはまったくないのだが、語り口の活きのよさに乗せられて、なんとなく人生もそれなりに進んでいくように思える話。

現在二十六歳のカール・フロアは、辛い人生を送ってきていた。父は死に、母は死に、継父は病気で意地悪、きょうだいはおらず、友だちはおらず、敵が危害を加えるにしてもあまりにぞんざいなやり口なので敵は彼のエネルギーがくっきり焦点を結ぶ対象ともならなかった。といって、そもそもエネルギーを多量に持ち合わせていたのでもない――持ち合わせはごくわずかだった。生まれつき青白くのろまなわけではなかったが、重なる不運ゆえにいまはそうなっていて、そうなったままで死ぬまでいるだろうと本人は思っていた。荒海の船旅に耐える巡礼の徒にとって、丘の上の輝ける街を想うことが慰めとなるごとく、彼にとっては死こそが高揚のはるかな光を未来に投げかけてくれていたが、巡礼の徒と同様、彼とてそこに着くのを早められはしなかった。ただひたすら嵐と凪に耐え、傷んだ食べ物を食べ、何か月も病気になって決して完全には回復せぬまま、風のきざしが見えたとたんに帆を上げるしかない。継父の家の二階の廊下に出現した見慣れぬ女は、彼から見てそのようなきざしだとは思えなかった。女は彼から見て二十四歳に思えた。ジーンズをはいて、バラ色のTシャツを細い、締まった体に着ていた。仮面もかぶっていなかったし、この家の所持品も持っていなかったから、カールが彼女をただちに泥棒だと特定しなかったことも許されよう。お手伝いさん志望者かな、とカールは思った。大学を出たばかりの素人が、ポスターを町のあちこちに貼って回っていて、ポスターの下部にはハサミを入れたタブがひらひら垂れていて、そこに彼女の電話番号が書いてあり、興味ある人はそれを一つちぎってポケットに入れ、あとで電話をかけて、彼女の汚れ雑巾で家の内部をべたべたやってもらう相談をするのだ。

〜〜〜〜〜〜〜〜〜〜〜〜〜〜〜〜〜〜〜〜〜〜〜〜〜〜〜〜〜〜〜〜

以上五冊、機会があればこれらの作品も訳してみたい。
今回の短篇集『戦時の愛』の母体になっているのは、マシュー・シャープが二〇一三年五月から一四年五月にかけてウェブ上で連載したvery short stories r us（ToysЯus＝トイザらス のもじり）という企画である。週に一度、タイトルなしで#1、#2……と番号だけふった短篇を一年かけて五十二本発表した。このうち何本かは、訳者が責任編集を務めている文芸誌『MONKEY』などに拙訳を掲載し、また全五十二本の訳を、『MONKEY』定期購読者への特典として二〇一八年から一九年にかけて、やはり一年かけてウェブ上で配信した。
この五十二本から十一本を除外した上で、加筆してタイトルもつけ、さらに新作を書き足して、全部で七十五本から成る本書『戦時の愛』が出来上がった。アメリカではまだ刊行されておらず、日本で一足先に刊行ということになる。

マシュー・シャープ氏（友人たちはマットと呼ぶ）とは、共通の友人ローランド・ケルツに紹介されて二〇〇五年にケンブリッジで出会って以来のつきあいである。こちらが英語文芸誌*Monkey Business*の刊行記念イベントを二〇一一年から一七年、毎春ニューヨークでやっていたあいだは、ニューヨークにいる限りいつも聴きにきてくれたし、二度はイベントに登場してもらった。二〇一四年の円城塔さんとの対話、一七年の伊藤比呂美さんとの対話、どちらも大変味わい深く、作家としての素晴らしさはむろん、外国文学に対する旺盛な好奇心、他人の話に進んで耳を傾ける謙虚さなども伝わってきた（伊藤さんとは本書の最後に収められた「雪」を二人で朗読し、これは本当に素晴らしかった）。

いろいろ部分的な形では、これまで日本の読者にもマットの作品に触れてもらってきたわけだが、今回初めて本格的に紹介することができてとても嬉しい。編集の槇野友人さん、デザインの宮古美智代さん、校正の阿部真吾さん、そしてこの本の刊行をとても喜んでくれて質問にもいつもていねいに答えてくれたマット・シャープ氏にこの場を借りて感謝する。

ヘンテコでのびやか、無茶苦茶な中に繊細さが見えるマシュー・シャープの小説に、多くの皆さんが親しんでくださいますように。

初出

「おめでとうございます、男の子ですよ！」

「やっと帰ってきた（II）」

「いい奴」

『MONKEY』vol. 2（2014年2月15日刊）

「あの、すいません」

『MONKEY』vol. 9（2016年6月15日刊）

「雪」

『MONKEY』vol. 12（2017年6月15日刊）

上記を含む52篇を「マシュー・シャープの週刊小説」と題して、SWITCH ONLINEにて
『MONKEY』定期購読者限定コンテンツとして公開（2018年10月～2019年10月）。

その他は訳し下ろし。

Love in Wartime
Matthew Sharpe

戦時の愛

2021年6月30日　第1刷発行

著者
マシュー・シャープ

訳者
柴田元幸

発行者
新井敏記

発行所
株式会社スイッチ・パブリッシング
〒106-0031 東京都港区西麻布 2-21-28
電話 03-5485-2100（代表）
http://www.switch-pub.co.jp

印刷・製本
株式会社シナノ パブリッシング プレス

本書へのご感想は、info@switch-pub.co.jp にお寄せください。

ISBN978-4-88418-565-7　C0097
Printed in Japan